彼らの音楽を
聴いてみて下さい。

그들이 들려주는 음악에 귀 기울여 보세요.

恩田陸

커피 괴담

KOHIKAIDAN
Copyright © 2025 Onda Riku

All rights reserved.
Original Japanese edition published in 2025 by GENTOSHA INC.
Korean translation rights arranged with GENTOSHA INC., Tokyo
through Eric Yang Agency Co., Seoul. Korean translation rights
© 2025 by YOLIMWON Publishing Co., Ltd.

이 책의 한국어판 저작권은 에릭양 에이전시를 통해
GENTOSHA INC.와 독점 계약한 열림원에 있습니다.
저작권법에 의해 한국 내에서 보호를 받는 저작물이므로 무단전재와 무단복제를 금합니다.

커피 괴담

온다 리쿠 연작소설

김석희 옮김

열림원

"괴담만큼 이야기하는 것 자체를
목적으로 하는 순수한 화제는 없어."

한국어판 서문

　친애하는 한국의 독자 여러분, 부담 없이 즐길 수 있는(아마도?) 괴담의 세계로 초대합니다!

　개인적인 생각이지만, 괴담이라는 장르는 모든 세대를 초월하여 가장 보편적인 감각을 공유할 수 있는, 소중한 장르가 아닐까 싶습니다. 저 역시 괴담이란 장르는 읽을 때나 직접 쓸 때나, 마음이 따뜻하게 치유되는 느낌이랄까, 어쩐지 '안심이 되는' 장르인 것 같습니다.

　누구나 알고 있는, 문득 오싹해지면서 마음이 이리저리 흔들리는 '공포'라는 감각. 『커피 괴담』을 통해 바쁜 일상 속에서 잠시, 바로 여러분 곁에 있는 비일상의 세계를 즐겨 보시기 바랍니다.

온다 리쿠

차례

7 한국어판 서문

11 커피 괴담 I
77 커피 괴담 II
139 커피 괴담 III
189 커피 괴담 IV
233 커피 괴담 V
281 커피 괴담 VI

321 덧붙이는 말

커피 괴담
I

1

"히든—"

이 이름을 쓰카자키 다몬이 생각해 낸 것은 시조가라스마 교차로*에서 한 블록 서쪽에 있는 길로 들어가서 '야마보코'**를 만들 준비를 하고 있는 것을 본 순간이었다.

"뭐라고 했어?"

조금 앞에서 걷고 있던 미즈시마가 뒤를 돌아보면서 물었다.

"생각났어. 아까 얘기한 영화 제목. 「히든」이야."

다몬은 똑같은 '핫피'*** 차림의 남자들이 조립하고 있는 수레의 토대를 가리켰다.

"그런가?"

미즈시마는 힐끗 허공을 쳐다보고 나서 말을 이었다.

"그래, 「히든」이야. 그런 제목이었어. 그런데 왜?"

미즈시마가 의아한 얼굴로 이쪽을 바라보고 있었기

---

* 교토 시내, 시영 지하철 시조역과 한큐 전철 가라스마역이 만나는 곳으로, 교통의 요지이자 번화가.
** 받침대 위에 산 모양의 조형물을 짓고 창이나 칼을 꽂아 화려하게 장식한 수레로, 축제 때 이 수레를 끌고 시내를 돌아다닌다.
***축제 참가자들이 걸치는 겉옷으로, 등판이나 옷깃에 옥호나 상표 따위를 염색한다.

때문에, 다몬은 어리둥절한 기분이었다.

"왜냐고?"

"그래. 왜 수레를 가리킨 거야?"

"저 모양을 보니까 생각이 났거든."

미즈시마는 다몬의 시선이 닿아 있는 쪽을 바라보았다. 그곳에는 수레의 토대 부분을 옆으로 쓰러뜨린 상태에서, 커다란 널판을 가위표로 고정하기 위해 거미집 같은 기하학적 형태로 새끼줄이 쳐져 있었다.

"뭔가 저런 형태의 것이 영화에 나왔던가?"

"글쎄. 내 기억에는 없지만, 저걸 보니까 문득 이름이 떠올랐어."

미즈시마는 진지한 표정으로 다몬의 얼굴을 지그시 바라보고 있다가 고개를 끄덕이며 "그랬군." 하고 말했다.

"그래. 네 사고 회로는 원래 유별났다는 게 방금 생각났어."

미즈시마는 중얼거리고 다시 걷기 시작했다.

통통통통, 하고 나무망치를 내리치는 소리가 여기저기서 들려온다.

고도(古都) 교토는 여름을 맞이하여 기온 마쓰리*

---

* 7월에 교토에서 한 달 동안 열리는 축제. '야마보코 순행'이 유명한 구경거리다.

준비에 들어가고 있었다.

아직 오전인데, 후텁지근한 열기는 벌써 한여름이다.

"이러다가는 느닷없이 무더위가 올지도 몰라."

미즈시마가 진저리를 내는 투로 말하며 살인적인 태양을 쳐다본다.

"태풍은 완전히 가 버렸나 봐."

"아직 장마도 끝나지 않았는데, 도대체 태풍이 몇 개나 온 거야."

초대형 태풍이 일본 열도를 스치고 지나간 참이어서, '태풍이 지나면 해가 쨍쨍'이라더니, 아무래도 이 더위에는 태풍이 남긴 몫도 포함되어 있는 모양이다.

"오노에는 와 있을까?"

"와 있겠지. 그 녀석 집이 이 근처 아니었어? 그래서 이곳을 첫 번째로 지정한 거잖아."

오노에는 작곡가 겸 스튜디오 뮤지션으로 도쿄와 해외를 오가면서 일을 하고 있었지만, 원래는 이곳 사람이다. 근래에 노후를 염두에 두고 고향에도 집을 마련했다고 들었는데, 그 집이 이 근처인 줄은 몰랐다.

"저기야."

미즈시마가 말하고는, 아무리 봐도 학교 같은 건물로 들어갔다.

통합되는 바람에 폐교가 된 학교를 시 당국이 갤러

리와 아틀리에로 개조한 모양이다.

문으로 들어간 곳에 검은 간판이 있고, 찻집 이름이 적혀 있었다.

세련된 건물이고, 포치 옆에 화려한 스테인드글라스가 끼워져 있다. 정면 입구 위를 쳐다보니, 배의 현창 같은 둥근 창 세 개가 늘어서 있는 게 눈에 들어온다.

하지만, 학교는 학교군.

썰렁한 현관에 발을 들여놓은 순간, 다몬은 그렇게 생각했다.

최근에 이처럼 다른 용도로 탈바꿈한 학교 건물을 자주 보지만, 과거에 그가 질색했던 규율, 복종, 인내, 관리 같은 분위기는 씻어 내기 어려워서, 자신도 모르게 그만 목을 길게 늘이고 주뼛거리며 주위를 둘러보게 된다. 학교라는 장소는 사각이 별로 없어서, 언제나 누군가의 눈에 보이는 곳이기도 하다.

널빤지를 댄 복도 구석에 출입구가 있고, 중정(中庭)처럼 되어 있는 좁은 교정이 보였다.

뻥 뚫린, 그러면서도 사방이 막힌 듯한 느낌을 주는 네모난 공간.

그는 문득 기시감을 느꼈다.

"어라, 이 경치는 분명 본 기억이 있는데."

"교정? 그것도 「히든」에서 봤냐?"

미즈시마가 다몬의 눈길이 닿아 있는 교정을 쓱 바라본다.

"아니, 다른 영화야. 정말 반갑군."

"그래? 또 생각나면 가르쳐 줘."

검은 바탕에 해골이 그려진 티셔츠, 백발이 섞인 잿빛 장발, 역시 잿빛을 띤 선글라스를 쓴 미즈시마는 마치 펑크 로커 같지만, 본업은 의사다.

데즈카 오사무*의, 천재 외과의사를 주인공으로 한 만화 『블랙 잭』에 나오는 안락사 전문의 닥터 기리코와 비슷하다고 말해도, 요즘 젊은 애들은 모를 수도 있다.

나무로 된 커다란 미닫이문을 열자, 그곳은 복고적인 분위기가 감도는 찻집이었다.

"여기가 원래는 교무실이었나?"

"위치로 보면 그럴지도 몰라."

점심을 먹기에는 아직 이른 시간이기 때문인지, 가게는 비어 있었다.

창가의 둥근 테이블 자리에 포대화상** 같은 모습의 오노에가 듬직하게 앉아 있는 것이 눈에 들어온다.

---

* 手塚治虫(1928~1989): 일본의 만화가, 애니메이션 제작자.
** 布袋和尚: 8세기 당나라 때의 전설적인 승려. 배불뚝이에 대머리 모습이다. 지팡이에 포대(보따리)를 메고 다녔기 때문에 '포대'라는 속칭이 붙었으며, 일본에서도 칠복신 중 하나로 추앙받고 있다.

"어이."

오노에가 손을 들었다.

다몬과 미즈시마도 손을 들고 다가간다.

"뭘 먹고 있어?"

미즈시마는 오노에 앞에 놓인 접시에 눈길을 주었다.

"프렌치토스트."

오노에가 대답한다.

확실히 커다란 접시에는 프렌치토스트 조각이 있었지만, 생크림을 곁들인 바나나와 초콜릿아이스크림도 놓여 있어서, 단것이 질색인 미즈시마는 공포에 질린 표정이 된다.

"아침부터 그런 걸 먹을 수 있다니, 대단하군."

"그냥 과자야. 잠에서 깨자마자 먹는 과자. 오늘은 더 워질 것 같으니까 뇌에 영양분을 보충해 두지 않으면 안 돼."

대머리인 오노에는 싱긋 웃으며 생크림을 삼킨다.

그는 말차* 색깔의 셔츠를 입고 있었는데, 자세히 보니 거북 무늬가 그려져 있었다.

해골과 거북. 나도 뭔가 무늬가 있는 옷을 입을 걸 그랬나? 다몬은 자신이 입고 있는 푸른색 셔츠를 내려다

---

* 차나무의 어린잎을 말려서 가루로 만든 차. 녹색을 띤다.

보았다.

"오랜만이야."

미즈시마는 오노에의 손을 꽉 잡고 악수를 했다. 이런 일을 스스럼없이 할 수 있는 게 두 사람의 재미난 점이지만, 다몬은 가볍게 손을 흔들기만 했다.

"우리 셋이 함께 만난 게 사누키우동을 먹은 뒤로 처음인가?"

오노에가 말하고는 확인하듯 두 사람의 얼굴을 바라보았다.

"그럴지도 몰라. 그때는 다들 고마웠어."

다몬은 두 사람에게 가볍게 고개를 숙였다. 두 사람은 시치미를 떼고 모른 척한다.

벌써 7, 8년쯤 되었을까. 이들 멤버와 구로다라는 또 다른 남자, 그렇게 넷이서 야간열차를 타고 괴담을 이야기하며 다카마쓰*에 가서 사누키우동을 먹고 돌아온다는 기획을 실행한 적이 있었다. 그것은 표면상의 이유였고, 사실은 다몬에 대한 그들의 배려가 있었지만, 그것도 이제는 그리운 추억이다.

"세월 참 빠르군. 그게 벌써 8년이나 됐나?"

---

* 시코쿠섬 북동부 가가와현에 있는 도시로, 사누키우동의 본고장이다.

미즈시마도 감개가 깊다. 다들 한창 일할 나이라서 좀처럼 모이기가 어렵다. 잠깐 만나지 않으면 어느새 몇 년이 휙 지나가 버린다. 미즈시마와 오노에를 각기 따로 만난 적은 있지만, 이렇게 셋이 얼굴을 맞대는 건 오랜만이었다.

"구로다는?"

"지금 뭔가 중요한 안건이 있어서 오늘은 올 수 없나 봐."

구로다는 검사인데, 복잡하고 까다로운 금융 사건을 담당하고 있다는 소문이다.

"넌 요즘 어때?"

오노에가 다몬을 바라보았다.

"여전해. 최근에는 라이브 기획이 많은가?"

다몬은 큰 레코드 회사(레코드 회사라는 말 자체가 죽은말인 듯한 기분이 든다. 요즘에는 대형 뮤직 레이블이라고 하나?)에서 프로듀서로 일하고 있다.

음악을 다운로드하게 된 지금, 과거에는 CD를 발매할 때의 판촉 행사였던 라이브 공연이 또다시 인기를 얻게 된 것은 원점 회귀라고나 할까?

"그래서 이 어중간한 시기에 어중간하게 유별난 기획이라는 건가?"

미즈시마는 역사적 인물의 이름을 붙인 몇 종류의

음료 중에서 '우시와카마루'*를 골랐다.

다몬은 '벤케이'**를 골라 본다.

"커피 괴담에 잘 오셨습니다."

오노에는 공손히 고개를 숙였다.

2

"그래, 첫 번째 괴담은 결국 뭐였냐?"

미즈시마가 천천히 걸으면서 오노에에게 물었다.

아직 정오도 안 되었지만 이미 태양은 높이 떠올라 그림자가 짧았다. 어디선가 매미 소리가 난다. 수레에 미늘창을 세우는 작업이 시작된 탓도 있을 것이다. 도로는 어디나 정체되어 있다. 신호등이 없는 작은 교차로에서는 경차끼리 천천히 엇갈려 지나가고 있다.

"'고조'***야, 고조. 모임의 취지를 설명했지."

오노에가 쓰고 있는 밀짚모자가 부러웠다. 하기야

---

* 牛若丸(1159~1189): 헤이안 시대 말기의 무장 미나모토네 요시쓰네(源 義経)의 아명.
** 弁慶(?~1189): 헤이안 시대 말기의 승려로, 미나모토네 요시쓰네의 가신.
*** 모임에서 대표나 주최자가 인사말을 하는 것. 원래는 가부키에서 배우나 극장 대표가 무대에 나와 인사말과 더불어 작품 설명을 하는 것을 말한다.

그는 대머리니까 직사광선을 그대로 흡수해 버린다.

"여기 올 때 탄 택시 기사의 이야기가 재미있었어."

다몬이 끼어들었다.

"뭐랬는데?"

"이제 곧 기온 마쓰리가 시작된다는 이야기를 하고 있다가, 그 기사분이 어렸을 때, 시집가는 신부의 앞길을 막으면 중매꾼이 봉지에 든 축의금을 주었다는 이야기야."

"그래, 그런 이야기를 하고 있었지. 게다가 열심히 듣고 있더군."

"재미있잖아."

"나는 적당히 맞장구를 쳤을 뿐이야."

"그건 어디 풍습이지? 교토?"

오노에가 밀짚모자 밑에서 물었다.

"이시카와현 어디라고 하던데. 오랜 풍습이라고 했으니까, 옛날에는 분명 가마나 말이 지나가는 앞길을 막았을 거야."

"호사다마라는 얘기군. 훼방이 들어오면 들어올수록 재수가 좋겠지. 여기서 실컷 방해를 해 두면 결혼한 뒤에는 원만하게 살 수 있다느니 뭐니 하면서 말이야."

"이것도 괴담이 될까?"

"미묘하긴 하지만, 각색하기에 따라서는 괴담이 될

수도 있을 것 같은데."

이번에 오노에가 두 사람을 교토로 부른 기획이라는 것은 요컨대 찻집 순례였다. 찻집을 돌아다니면서 시원한 바람을 쐬고 괴담을 이야기하여 더욱 시원해지자는 것이다.

지난번의 '야간열차 괴담'도 엉뚱하게 시작된 기획이었지만, 이번 기획도 역시 그랬다. 게다가 '오봉'*은 아직 멀었고, 장마가 끝나지도 않은 참으로 어중간한 시기다. 대낮에 찻집을 순례하면서 괴담을 이야기한다는 것은 너무 정취가 없는 듯한 기분이 든다. 지난번에는 다몬이 안고 있는 개인적인 문제를 해결한다는 미션이 있었기 때문에 일부러 기획했구나 생각했지만, 아마 오노에는 단순한 괴담 애호가인지도 모른다.

하지만 이야기를 잘 들어 보니, 오노에는 문화청의 위촉으로 지금 한창 대작을 작곡 중인데, 그 작업이 벽에 부딪혀 완전히 정체 상태에 빠져 있는 모양이다. 게다가 작업실의 에어컨 상태가 나빠서 냉방이 잘되지 않기 때문에 언제나 시원한 곳을 찾고 있다고 한다. 요컨대 자기가 시원한 바람을 쐬는 데 친구들을 합석시키고, 그런 김에 무언가 작곡에 대한 영감까지 얻고 싶

---

* 8월 15일을 전후하여 치러지는 일본의 최대 명절.

다는 것이 그의 속셈인 것 같았다. 최근에 본 영국 영화 탓도 있는 듯하다. 오랜만에 고향에 돌아온 고교 시절의 친구가 고향의 선술집들을 하룻밤 사이에 섭렵한다는 내용이라고 한다.

그렇기는 하지만, 다몬도 미즈시마도 이런 기발한 모임을 싫어하지는 않는 편이다. 바쁜 세 사람이 평일 하루를 꼬박 할애하는 일정을 우연히 맞출 수 있었는데, 그 드문 기회를 이런 이벤트에 쓰는 것은 어떨까 싶지만, 거꾸로 말하면 이들 셋만큼 이런 이벤트가 어울리는 사람도 없었다.

솔직히 말하면, 다몬은 교토를 아주 싫어했다. 지금까지 줄곧 피해 왔다고 말해도 좋다.

애당초 그는 '역사와 전통'이라는 건 뭐든지 딱 질색이었다.

상사원이었던 아버지를 따라 남아메리카에 가서 지낸 시기가 길었던 탓도 있다.

거의 뜨내기처럼 어린 시절을 외지에서 보냈기 때문에, 일본 문화를 상징한다고 여겨지는 교토라는 곳 자체가 그에게는 완전히 다른 문화다. 하물며 면면히 이어져 내려와 고도 전체에 얽혀 있는 인간관계의 메커니즘이나 오래된 의식 따위를 자신이 이해할 수 있다고도 생각지 않는다.

나는 궁극적으로 외지인 체질이야.

교토의 거리를 걸으면서 그런 생각을 한다.

언제나 공동체의 변두리에 있는 데 익숙해진 탓에, 공동체 안쪽에 있는 것을 견딜 수 없다. 마음이 안정되지 않아서 안절부절못한다. 잘 어우러지지 못한다.

당당한 주류의 인생이라는 게 있다면, 내 인생은 그렇지 않다. 내 인생 자체가 인간 생활의 가장자리에 자리 잡고 있어서, 언제나 그 가장자리를 따라 터벅터벅 걸어온 듯한 기분이 든다.

인생의 외지인. 그런 말이 머리에 떠오른다. 별로 인생을 방기하고 있는 것은 아니지만, 언제나 남의 힘을 빌려서 무언가를 이루려 하고, 흘러가는 대로 떠내려가는 것이 당연하게 되어 있다. 인생을 스스로 선택한다거나 자기 힘으로 통제하고 있다는 느낌이 전혀 없다.

그에 비해 교토라는 도시는 언제나 주류이고 항상 '안쪽'의 존재이며, 남을 주저 없이 '외지인'으로 단정해 버리는 곳이다.

나와는 정반대야.

하지만 이번에 교토의 거리를 걸으면서 깨달은 것이 있었다.

거꾸로, 교토라는 곳은 궁극적으로 '외지인에게 익숙해진 도시'이기도 하다. 즉, 외지인을 다루는 데 능하기 때문에, 순순히 몸을 맡겨 버리면 뜻밖에 편하다.

오랜만에 온 교토가 뜻밖에 편하게 느껴져서, 과연 나이를 먹으면 조금은 좋은 점도 있구나 하고 생각한다.

문득 담장 안의 정원수가 눈에 들어온다.

"아, 생각났다."

다몬이 멈춰 서자 미즈시마와 오노에가 뒤를 돌아보았다.

"뭐가?"

"아까 중정을 보고 연상한 영화 말이야. 로만 폴란스키[*]의 「혐오」야."

"폴란스키? 그 학교의 어디서 그 영화를 연상했다고?"

"주연 여배우인 카트린 드뇌브가 사는 집 맞은편에 수도원이 있는데, 그 수도원 건물과 중정이 딱 그런 느낌이었어. 아아, 속 시원해. 생각해 낼 수 있어서 다행이야."

다몬이 안도의 웃음을 지으며 가슴을 쓸어내리자 두 사람의 표정도 누그러졌다.

"이번엔 뭘 보고 생각난 거야?"

미즈시마가 질린 표정으로 묻는다.

"저거야. 팔손이나무 잎사귀."

---

[*] Roman Polanski(1933~): 프랑스 출신의 폴란드 감독.

다몬이 손으로 가리켰다. 길가에 있는 개인 주택의 현관 근처에서 팔손이나무가 햇살을 받아 새까맣게 빛나고 있었다.

"그건 왜?"

"영화에 나오잖아. 벽에서 손이 잔뜩 나오는 장면. 저걸 보고 생각이 났어."

"그렇군. 이번엔 그런대로 설득력이 있는데. 아까보다는."

"뭐야? '아까보다는'이라니."

오노에도 궁금하다는 듯 미즈시마의 얼굴을 바라본다.

"실은 오늘 아침에 신칸센을 타고 올 때도 영화 이야기를 했거든. SF영화 제목이 아무래도 생각나지 않았는데, 아까 이 녀석이 야마보코의 수레를 보고 있다가 생각해 냈지. 이유는 자기도 모르나 봐."

"그래? 그런데 그게 무슨 영화였지?"

"「히든」이야. 카일 맥라클란이 나온 영화."

"히든."

오노에는 무심코 되뇌었다.

숨겨진 것.

"오호, 이 도시에 딱 어울리는 제목이군."

3

오이케 거리로 나왔다.

가로수가 큰 그늘을 만들어 주고 있는 게 고마워서, 세 사람은 그늘을 골라 천천히 걸어갔다. 졸린 듯 느린 속도로 자전거가 지나간다. 자전거에 타고 있는 것은 젊은 여자였는데, 모자를 쓰고 긴 장갑을 낀 차림새가 눈에 띄었다.

"햇볕에 타는 게 무서운 모양이군."
"자전거를 타면 양산을 쓸 수 없으니까."
미즈시마가 중얼거렸다.
"얼마 전에, 양산을 쓰는 젊은 남자들이 화제가 되었는데, 그게 옳아. 요즘 햇빛은 정말 무서워. 요전에 아무 생각 없이 밖을 돌아다니다가 집에 갔더니 팔에 작은 물집이 잔뜩 생겨나 있어서 깜짝 놀랐다니까."
"뭐? 정말?"
"화상이야, 화상. 몇 시간 동안 밖을 돌아다녔을 뿐인데."
"일본은 아열대야."
"다몬, 원한다면 선크림 빌려줄게."
"아니, 괜찮아. 미즈시마, 선크림도 바르냐?"
"그럼 바르지. 팔이라든가 목덜미라든가, 노출된 부

위에 발라."

미즈시마는 작은 배낭에서 플라스틱 케이스에 든 선크림을 꺼내 다몬에게 건네주었다.

국내 여행, 게다가 이런 길거리에서 선크림을 바르다니.

다몬은 당황하면서도 서둘러 여기저기 선크림을 바른다.

"소형견을 아직 해가 높이 떠 있는 초저녁에 산책시키는 놈을 보면, 동물 학대로 고발하고 싶어져."

오노에가 중얼거렸다.

"개가 낑낑거리며 고통을 호소하고 있는데 주인은 전혀 알아차리지 못해. 그 주인은 또 선글라스를 쓰고 벌거벗은 거나 다름없는 차림새를 한 젊은 여자이거나 하지. 그런 사람을 보면 이렇게 말해 주고 싶어. 네가 그런 차림을 하고 있는 이유를 생각해 보라고. 네 발치에 있는 개는 아스팔트 열기로 발바닥에 화상을 입을 지경이고, 지면 반사열로 사우나에 들어가 있는 상태나 마찬가지라고. 말이 나온 김에 한마디 덧붙이면 개는 땀을 흘리지 못한다고."

과연 이 시간에 개를 산책시키고 있는 사람은 없다.

오가는 사람들의 얼굴은 모두 더위에 느슨하게 풀려 있었다.

"으음, 교토는 여름의 낮 시간이 괴담에 딱 어울리는 듯한 기분이 들었어."

다몬이 고개를 끄덕였다.

"왜?"

"난 뭐가 무섭냐면, '찜통더위'라는 말이 무서워."

다몬이 이야기하기 시작했다.

미즈시마와 오노에는 더 이상 되묻지 않는다.

다몬은 이야기가 엉뚱하다는 말을 자주 듣는다.

왜 하필이면 거기서 이야기가 시작돼? 결론은 뭐야? 도대체 어디서 그런 걸 생각해 냈지?

그를 오래 사귄 사람은 익숙해져 있으니까 괜찮지만, 초면인 사람과는 좀처럼 이야기가 맞물리지 않아서 '이 사람은 4차원인가?' 하는 눈총을 받을 때도 많다.

다몬 자신은 이치에 맞는 이야기라고 생각하지만, 남들은 좀체 이해해 주지 않는다. 반세기나 살았으니 나이도 먹을 만큼 먹었는데, 설득력이 이래도 되나 하는 생각이 들지 않는 것도 아니다.

"찜통더위는 바람도 없이 푹푹 찌는 무더위, 햇볕이 쨍쨍 내리쬐어서 타는 듯한 더위를 말하지? 다른 지방에서는 별로 안 쓰는 말이야."

"그래. 확실히 간토에서는 안 쓰지. 간사이에서 쓰는 말이야."

오노에가 수긍했다.

"왠지 내가 길바닥에서 푹 쓰러지는 장면을 상상하게 돼. 조금만 더 가면 그늘이 있는데 도중에 힘이 빠져서 거기까지 가지 못하고, 주위에는 아무도 없고, 조용하고, 멀리서 매미 소리가 들리고, 태양이 이글거리는 소리만 나고, 통닭구이처럼 그을려 가는 거야. 그게 무섭지 않아?"

"위험해. 화상과 탈수증상이야. 중증 열사병이지."

미즈시마가 냉정하게 의견을 말한다.

다몬은 몸서리를 쳤다.

"뭐가 무섭냐면, 그런 더위를 '찜통더위'라고 이름 붙인 언어 센스가 무서워. '솜으로 목을 조르는 듯하다'는 표현에 필적하는 무서움이야."

"솜으로 목을 조르는 게 그렇게 괴로운가? 해 본 적은 없지만."

"서서히 조이는 느낌? 부드러운 것으로 목을 조르면 흔적은 남지 않는데 무척 고통스럽대. 옛날에 유녀를 벌줄 때 '오비아게'*를 사용했다는 말을 들은 적이 있어."

"조르는 쪽도 체력이 필요해. 요즘은 모두 바쁘니까 재깍재깍 조르라고 한다더군."

* 여자 옷차림에서 띠가 흘러내리지 않게 뒤에서 앞으로 돌려 매는 헝겊 끈.

"요즘은 숯값도 비싸. 굉장한 귀중품이야. 그런 용도로는 아까워서 못 써."

시시한 이야기를 하고 있는 동안, 호리카와 거리가 보이기 시작하고 하늘이 열렸다.

정말로 교토 시내는 '찜통' 상태였다.

니조성*은 바로 거기다.

4

두 번째 찻집은 니조성 근처에 있는 아담한 가게였다. 인테리어는 예스러운 느낌도 있고 모던한 느낌도 있다.

입구 바로 옆에 있는 4인용 소파에 자리를 잡는다.

"여기, 간판과 가게 이름이 다르지 않아?"

다몬이 오노에에게 슬쩍 묻자, 주인이 젊은 사람으로 바뀌어서 가게 이름은 바뀌었지만, 전 주인 시절의 간판은 그대로 두었다고 한다.

천장에 매달린 말 모빌이 천천히 흔들리고 있었다. 누에콩 모양의 1인용 커피 테이블이 귀엽다.

"더워서 안 되겠어. 맥주를 마시게 해 줘."

* 교토 시내에 있는 성으로, 에도 막부를 세운 도쿠가와 이에야스의 명으로 1602~1606년에 지어졌다.

미즈시마가 메뉴를 훑어보면서 중얼거렸다.

"나도 찜통더위에 달궈져 버렸어."

"너희들, 커피 괴담을 맥주 괴담으로 만들 셈이야?"

오노에는 불만스러워 보인다.

"어차피 시간은 많잖아. 마시게 해 줘."

오노에는 맥주를 세 병 주문했다.

"너도 마실 거야?"

"의리상 마시는 거야."

미셸 르그랑*의 「로슈포르의 연인들」이 흐르고 있다. 사운드트랙 CD일 것이다. 벽에는, 다몬이 20대 시절에 인기를 얻었던 체코 영화의 포스터가 붙어 있었다.

정말로 유행은 되풀이되는가 봐.

부모 세대가 말하고 있던 것을 내가 실감할 수 있게 된 것이 불가사의하다.

맥주를 한 모금 마시자 제정신이 든다.

오노에가 두 사람의 얼굴을 번갈아 바라보았다.

"다음 괴담은, 미즈시마인가?"

"으응. 괴담인지 어떤지는 잘 모르겠지만."

미즈시마는 소파에 등을 기댔다. 그러고는 말을 이었다.

---

* Michel Legrand(1932~2019): 프랑스의 음악가. 피아니스트, 작곡가, 지휘자로 활동했다. 「로슈포르의 연인들」은 1967년에 개봉한 뮤지컬영화다.

"주니족*을 알아?"

"주니족? 그게 뭔데? 고유명사야?"

"북아메리카 원주민이야."

"아아, 그쪽 부족이구나. 처음 들었어."

다몬은 또다시 강한 기시감을 느꼈다. 이 느낌, 반갑군.

이 가게는 학생 시절에 다니던 다방과 비슷하다. 길가에 있는 이 유리문의 느낌, 유리창 너머로 밖을 내다보는 느낌. 이 가게는 창문 유리가 갈색이어서, 행인이 지나가면 순간 모노크롬으로 보이는 것이 재미있었다.

입구 근처의 1인용 소파에는 고상해 보이는 할머니가 앉아서 샌드위치를 먹고 있었다. 달걀을 듬뿍 넣은 샌드위치다.

저렇게 많이 먹을 수 있을까. 하지만 저 연세에도 겉보기와는 달리 먹성이 좋은 사람도 있지. 이 가게 단골 같아.

미즈시마의 목소리가 들린다.

"그런데 말이야, 흔히 있잖아. 원주민이 만드는 장신구. 터키석이라든가 돌을 짜맞춘 거."

"응. 그런 건 최상급부터 최하급까지 다양하지. 노점에서 파는 것과 전문점의 터무니없이 비싼 것, 도대체

---

* 미국 뉴멕시코주 서쪽의 주니강 계곡에 거주하는 푸에블로 인디언.

어디가 다르지?"

"주니족의 것은 좀 독특해. 모든 생물은 몸속에 돌을 갖고 있다는 신앙이 있어."

"담석인가?"

오노에가 싱긋 웃는다.

"담석은 아파."

다몬이 장단을 맞추고는 말을 이었다.

"우황이라는 한방약이 있는데, 그게 소의 담석이래. 난 그걸 일전에 할머니한테 처음 들었어."

"에에, 나도 몰랐어."

"그런 돌이 아니야."

미즈시마가 답답하다는 듯이 말하고는 이야기를 계속했다.

"좀 더 영적인 의미에서 일종의 비유인 것 같아. 장신구라기보다 부적 같은 걸 만드는 전통이 있는 모양이야. 동물을 본뜬 돌. 그걸 신변에 두는 거지."

"흐음, 그래서?"

"내 친구가 어느 잡화점에서 그것을 발견하고 샀대. 곰이 터키석을 짊어지고 있는 디자인……."

"돌을 짊어져?"

"니노미야 긴지로*인가?"

"진지하게 들어 줘. 곰이 삼각형 돌을 짊어지고 있는

모양인데, 아주 작은 거지만 가게 앞에 있는 것을 보고 눈을 뗄 수가 없어서 결국 사고 말았지."

"운명적인 만남이군."

"점원도 그렇게 말했대. 어쨌든 그걸 가지고 돌아와서 실내 선반에 장식해 두었지. 그랬더니 그날 밤 꿈에 그 곰이 나온 거야."

"곰이?"

"그래. 그 친구가 구입한 장식품이 실체화한 형태로. 커다란 갈색 곰이 고개를 숙이고 서 있는데, 등에는 커다란 삼각형 터키석을 짊어지고 있더래."

"곰이 뭐라고 말했나?"

"아니. 꿈속에서도 그냥 가만히 서 있기만 했대."

"물론 그 이야기에는 속편이 있겠지?"

"있어. 계속 들어 봐. 하지만 그때는 그걸로 끝이었어. 한동안은 그런 꿈을 꾼 것도 잊고 있었지."

"혹시, 또 같은 꿈을 꾸었나?"

다몬이 꺼림칙한 듯이 묻자, 미즈시마는 가볍게 고개를 끄덕였다.

"어느 날 밤, 또 꿈에 곰이 나왔어. 앗, 그 곰이다. 오

---

* 二宮金次郎(1786~1856): 에도 시대 말기의 경세가인 니노미야 손토쿠(尊德)의 통칭. 근면과 고학의 상징으로, 흔히 나무 등짐을 짊어진 채 책을 읽으며 걷고 있는 모습으로 표상된다.

래전에도 이 꿈을 꾸었지. 꿈속에서도 그렇게 생각한 모양이야."

"그래서?"

"곰이 가만히 서 있는 건 지난번과 같았지만, 전에 꾼 꿈과 다른 점은 곰이 고개를 돌려서 이쪽을 보고 있었다는 거야. 나머지는 지난번과 똑같아. 그걸로 그날 밤의 꿈은 끝났어."

"왠지 불길한 예감이 드는데. 두 번 있었던 일은 세 번 있게 마련이지."

오노에가 조금 창백해진 얼굴로 중얼거렸다.

미즈시마는 다시 고개를 끄덕인다.

"그래, 맞아. 얼마 뒤에 또 곰 꿈을 꾸었어."

잠깐 침묵이 흘렀다.

"설마 곰에게 먹혀 버린 건 아니겠지?"

오노에는 머뭇거리며 물었다.

미즈시마는 고개를 젓는다.

"아니, 그건 아니야. 곰은 그대로였지만, 등에 짊어진 터키석 위에 이상한 게 얹혀 있었어."

"이상한 거라니?"

"'후쿠사'*야."

---

* 선물을 포장하거나, 다도에서 찻그릇을 닦을 때 쓰는 명주 천.

"후쿠사?"

"다도에서 쓰잖아. 보라색의 네모난 헝겊."

다몬도 후쿠사는 알고 있었다.

"아, 그거? 그런데 그게 왜?"

"몰라. 그 친구도 왜 곰의 등에 후쿠사가 얹혀 있을까 하고 생각했지만, 그뿐이었어."

"곰은 어디를 보고 있었지?"

"아아, 곰은 역시 이쪽을 보고 있었던 모양이야. 하지만 꼼짝 않고 가만히 보기만 했대. 그것뿐이야."

"꿈은 그걸로 끝이야?"

"그래."

다몬은 왠지 으스스한 기분을 느끼고 남은 맥주를 술잔에 따랐다. 맥주를 마시려고 잔을 들어 올리자, 탁자에 둥근 고리 모양의 얼룩이 생겼다.

"그래서?"

오노에가 이야기를 계속하라고 재촉한다.

미즈시마는 입을 열었다.

"그리고 얼마 지나서 연휴에 그 친구는 고향집에 갔어. 간토 북부 어딘가라고 말해 두지. 돌아간 바로 그 날, 맹렬한 회오리바람이 발생했어."

"최근에 많지, 그쪽에."

"그래서 그 친구의 집 주차장 지붕이 날아가 버렸대.

낡은 슬레이트 지붕이라, 잠시도 버티지 못했던 모양이야."

"무섭군."

"다행히 죽은 사람은 없었지만, 부상자가 몇 명 나왔대. 개중에는 같은 시기에 귀성했던 그 친구 숙부도 포함되어 있었어. 숙부네 집도 근처에 있었는데, 슬레이트 지붕 파편이 날아와서 숙부의 등에 부딪쳤다는 거야."

"저런."

"파편이 등에 박히지 않은 게 그나마 다행이었다고 하더군. 슬레이트의 면이 등에 부딪쳤다고."

"천만다행이네."

오노에와 다몬은 자신도 모르게 얼굴을 찡그리고 있었다.

슬레이트의 모서리가 박혔다면 어떻게 됐을까 하고 생각하자 오싹 소름이 끼친다. 영화나 TV 드라마에서 슬레이트가 날아와 목을 잘라 버리는 장면이 있지 않았나?

"그 친구가 숙부를 자기 차에 싣고 병원에 갔는데, 고통을 호소하는 숙부를 모시고 진찰실에 들어가 보고는 깜짝 놀랐대."

"왜?"

괴담 특유의 결말이 다가올 때의 으스스한 기분을

피부로 느끼면서 다몬이 묻는다.

"숙부의 등이 보라색으로 퉁퉁 부어 있더래."

미즈시마는 어깨를 약간 움츠리며 말을 이었다.

"알겠지? 마치 보라색 후쿠사를 등에 펼쳐 놓은 것과 똑같았대. 네모난 슬레이트가 정면으로 부딪쳐서 생긴 타박상에 내출혈이었지."

"저런."

다몬도 등줄기가 오싹했다.

이거야말로 괴담이다. 한여름, 한낮의 괴담.

탁자에 생긴 둥근 고리 모양의 얼룩에 힐끗 눈길을 준다.

이런 식으로 등에 네모난 각인이 찍혀 있었던 것이다.

오노에가 침을 꿀꺽 삼키는 소리가 들렸다.

"그 친구는 그 돌을 어떻게 했대?"

"무척 망설이고 있어. 처분하려 해도 처분할 수가 없어서, 지금도 계속 어떻게 할까 고민하고 있다는 거야."

"공양물로 바친다거나, 그런 문제는 아니네."

"그런가 봐. 정말 고민이겠지?"

"계시를 주는 돌인가? 그것도 확실히 부적이라면 부적인데."

재앙을 예고해 주는 게 과연 고마운 일일까? 다몬은 생각했다.

하지만 예고를 받아도 그게 어떤 의미인지 모르면 의미가 없다. 오히려 불안에 떨기만 할 것이다.

나는 그만두겠어, 하고 다몬은 속으로 다짐한다.

"그다음은?"

오노에가 물었다.

"그 후 곰은 한 번도 꿈에 나오지 않는 모양이야. 하지만 언제 또 나올까, 이번에는 뭘 보여 줄까, 하고 무서워서 떨고 있대."

"그 돌을 처분하면 꿈도 안 꾸게 되지 않을까?"

"그건 모르지. 하지만 적어도 그 돌이 수중에 들어올 때까지는 그런 꿈을 꾸지 않았으니까, 돌을 처분하면 꿈도 안 꾸게 되지 않을까, 생각하고 있지. 나도 그 친구한테 상담을 받았어."

"우와— 너무 싫어. 지금도 계속 그래?"

"응, 계속 그래. 어떻게 하면 좋을까?"

세 사람은 신음 소리를 냈다.

"마음의 평안을 바란다면 처분하는 게 좋지 않을까. 그것을 구입한 가게에 반품하거나?"

"가게 주인은 그걸 알고 있을까?"

"글쎄."

"알고도 팔았다면, 그건 또 그것대로 무서운 일이군."

출입문 너머에 이쪽을 들여다보고 있는 젊은 커플

이 보였다. 자리가 비기를 기다리고 있는 모양이다. 그렇게 넓은 가게도 아니고, 그러니 이제 슬슬 장소를 옮기는 게 좋을 듯하다.

같은 생각을 했는지, 오노에도 몸을 일으킨다.

계산은 셋이 돌아가면서 하기로 했다. 여기 음료값은 미즈시마가 부담했다.

"나중에 정산해서 셋이 공평하게 부담하는 거야."

"오케이."

괴짜 3인조는 다시 거리의 '찜통더위' 속으로 나갔다.

바람 한 점 없고, 지면에 내리누르는 듯한 여름의 중력에 가득 찬 고도의 오후 속으로.

5

"아, 더워."

오노에가 중얼거리는 소리가 들렸다.

덥다기보다 무겁다고 다몬은 생각했다. 온몸이 짐을 짊어진 것처럼 무겁다.

올해 처음 만나는 폭염, 대낮부터 마신 맥주, 이 두 가지가 원인으로 생각된다.

"다음 가게는 어디야?"

언제나 태연한 미즈시마도 역시 무기력한 말투가

되어 있었다.

태양은 높이 떠올라 세상을 짓누르고 있고, 쨍쨍 내리쬐는 뙤약볕은 지면에서 올라오는 반사열을 더욱 강화하고 중력을 늘리는 데 한몫하고 있다.

방금 나온 가게에서 잠시 갈증을 달래 주었던 맥주 한 병이 한꺼번에 땀으로 분출되는 듯한 기분이 든다. 그뿐만 아니라, 땀이 증발할 때 맥주 이외의 수분도 함께 가져갔는지, 목의 갈증이 더욱 심해졌다.

"이 길을 쭉 가면 돼. 같은 거리니까. 아직 한참 걸어야 하지만."

밀짚모자를 쓴 오노에가 태평스럽게 대답했다.

묘하게도 그 모습이 평일 골목길에 잘 녹아들어 있다. 옛날 그대로인 가게의 격자문 앞을 지나갈 때는 문득 어린 시절의 그가 되살아난 듯한 기분이 든다. 옛날 오노에가 유년기를 보냈던 이 거리의 기억이.

쇼와 시대*의 거리. 먼지투성이의 까슬까슬한 흑백 사진 속의 거리.

우리는 이런 가짜 기억을 얼마나 많이 갖고 있을까.

다몬은 그런 생각을 했다.

하지만 가짜는 가짜 나름대로 설득력이 있다. 그것

---

* 쇼와(昭和) 왕이 재위했던 시기. 서력으로 1926년부터 1989년까지에 해당한다.

은 우리가 공유해 온 시대의 기억이고, 어딘가에서 보고 들은 기억이기 때문이다.

"내 친구 중에 아들과 함께 곤충채집을 취미로 삼고 있는 녀석이 있는데……."

어느새 다몬은 이야기를 시작하고 있었다.

"그거 괴담이야? 아니면 그냥 잡담이야?"

오노에가 뒤를 돌아보며 물었다.

볼 위쪽은 밀짚모자에 가려져 보이지 않는다.

"글쎄, 괴담인가?"

다몬은 중얼거렸다.

"그럼 다음 가게에 들어갈 때까지 기다려."

"하지만 지금 말하고 싶어."

"그것 말고 또 준비해 둔 괴담이 있다면 허락하지."

그러나 다몬은 상관하지 않고 이야기를 계속했다.

"어느 주말, 그 친구는 여느 때처럼 아들과 함께 산책을 하고 있었대. 그 친구는 도쿄 교외에 살고 있는데, 비교적 자연이 아직 남아 있는 곳인 모양이야. 그런데 그날따라 유독 희귀한 곤충이 차례로 눈에 띄더래."

"희귀하다는 건 어느 정도로?"

미즈시마가 끼어든다.

"글쎄. 난 곤충에 대해서는 잘 모르니까."

다몬은 냉담하게 대꾸하고 나서 말을 이었다.

"그래서 마치 곤충한테 이끌리듯 평소에는 다니지 않는 길을 계속 걸어갔대."

"그럴 때도 있지."

"볏대 부자* 같은 건가?"

열기 속을 헤엄치듯 천천히 나아가는 세 사람은 거의 척수의 반사 기능만으로 대화를 계속하고 있었다.

"그럴지도 모르지. 그래서 정신없이 곤충을 잡고 있었는데, 문득 보니까 저 앞에 사마귀 한 마리가 있더래. 길 한복판에 하얀 꽃사마귀가 낫처럼 생긴 앞발을 치켜들고 서 있었다는 거야."

"꽃사마귀라면 나도 알아. 정말로 꽃과 똑같이 생겼어."

미즈시마가 질리지도 않고 또 끼어든다.

다몬은 이야기를 계속했다.

"이것도 희귀한 곤충이래. 그래서 그 꽃사마귀를 본 순간, '이건 이상하다'고 생각한 모양이야. '아무리 그렇다 해도 왜 오늘따라 가는 곳마다 이렇게 희귀한 곤충만 나타날까?' 하고 생각했지. 물론 아이는 그런 건 생각지 않으니까 신이 나서 꽃사마귀를 잡았대."

다몬의 눈에 그 광경이 떠오르고 있었다.

길 한복판에 있는 꽃사마귀. 낫처럼 생긴 작은 하얀

---

* 볏대 한 줄기로 물물교환을 시작하여 차츰 값비싼 물건을 얻어서 부자가 되는 것.

색 앞발을 치켜들고 천천히 움직이고 있다.

"그 친구는 문득 자기가 지금까지 와 본 적이 없는 곳에 와 있다는 것을 깨달았지. 그래서 주위를 둘러보고 꽃사마귀가 서 있던 곳의 앞쪽을 보았더니……."

다몬은 순간 입을 다물었다.

"보았더니?"

오노에와 미즈시마가 동시에 묻는다.

"그 집이 있었대."

"그 집?"

"20세기 말에 일가족 참살 사건이 있었잖아. 당초에는 범인이 남기고 간 것이 많았기 때문에 곧 해결될 줄 알았는데, 아직도 범인은 잡히지 않았어."

"그 사건이 일어난 집이라고?"

"그래. 뉴스나 주간지에서 몇 번이나 본 집이라서 금방 알 수 있었대. 그런데 바로 그 집이 앞에 서 있어서 깜짝 놀랐대."

"에에, 그러면 확실히 기분이 꺼림칙하지."

"그 집을 본 순간, 친구는 집이 이상한 곳에 세워져 있다고 생각했대. 구획정리 때문인지 뭔지 모르지만, 그 집과 옆집만 주위에서 떨어진 곳에 외따로 서 있구나. 그렇게 생각한 순간, 갑자기 아들이 쓰러졌대. 아무것도 없는 곳에서 갑자기 털썩."

"저런."

"보았더니 낫으로 베인 듯한 상처가 다리에 나 있더래."

"사마귀한테 베인 게 아닐까?"

"사마귀의 앞발은 사냥감을 꽉 움켜잡기 위한 것이지, 베는 건 아니야."

"친구는 오싹한 기분이 들어서, '곤충을 전부 다 버려!' 하고 외치고는 그날 잡은 곤충을 전부 그 자리에 풀어주고 쏜살같이 달아났대. 한 번도 뒤돌아보지 않고."

다몬은 제 입으로 말하면서도 허리와 등 언저리에 묘하게 오싹한 감각이 생겨나는 것을 느꼈다.

오후의 골목길에서 잠시 열기가 식은 듯한 기분이 들었다.

"우우, 무서워!"

같은 느낌을 받은 듯, 미즈시마와 오노에도 몸서리를 쳤다.

"그 집이 불러들인 건가?"

"그럴지도 모르지. 내가 기분 나빴던 것은 집이 '이상한 곳에 서 있구나.' 하고 느낀 점이야. 왜 그런 데가 있잖아. 이곳엔 오래 있고 싶지 않다거나 왠지 마음이 안정되지 않는 곳."

"응, 그런 곳이 있지, 있어."

"거리에도, 사무실에도 그런 데가 있어."

"그건 분명 나름대로 원인이 있을 거야. 무엇 때문인지는 모르지만."

"앗, 사마귀다."

다몬은 길가에 늘어선 나무에 눈길을 주었다.

"하지 마."

미즈시마가 놀란 듯이 펄쩍 뛰어 물러섰다.

"정말로 사마귀네."

오노에가 허리를 굽혀 나무를 들여다본다.

그곳에 갈색을 띤 사마귀가 있었다. 더위 때문에 약해졌는지, 나뭇잎 그늘에서 움직이지 않는다. 앞발을 들어 올릴 기력도 없는 듯하다.

"아아, 깜짝이야. 타이밍이 너무 좋았어."

미즈시마도 가슴을 쓸어내리고 함께 사마귀를 들여다본다.

"어릴 때, 나무에 달라붙은 거품 같은 알을 집으로 가져가지 않았냐?"

"그래, 그랬지. 난 필통에 넣어 두었다가 수업 시간에 작은 사마귀가 줄줄이 기어 나오는 바람에 선생님한테 야단을 맞은 적도 있어. 수업을 내팽개치고 모두 사마귀 새끼를 잡느라 난리법석이었지."

"사마귀는 태어났을 때부터 어미와 똑같은 모양을 하고 있어. 완벽한 미니어처야. 그게 그렇게 커지니까 불가사의하지."

세 사람은 흥미를 잃고 다시 걷기 시작한다.

"우와, 아지랑이가 피어오르고 있잖아? 신기루도 보여."

다몬이 앞을 보고 소리쳤다.

골목 끝에 있는 집들이 아른아른 흔들리며 일그러져 보였다. 곧게 뻗은 도로도 울퉁불퉁 파도치는 것 같고, 길에 있지도 않은 물웅덩이가 어른어른 빛나 보인다. 신기루다.

"신기루는 오랜만에 봤어."

마치 어항 속에서 밖을 내다보고 있는 것 같았다.

일그러진 풍경 속을 자전거와 택시들이 소리도 없이 차례로 지나간다.

6

교토라는 도시는 주름상자 같다.

넓은 것 같지만 좁고, 좁은 것 같은데 넓다. 바둑판 도시라고 하지만, 이따금 누군가가 잡아당겨 길게 늘이고 있는 건 아닐까 하는 생각이 든다. 냉동 귤을 담는 오렌지색 그물망 같다. 그래서 바둑판 눈금 사이의 길이가 그때그때 다르다.

오노에가 말했듯이, 다음 가게는 아까 들렀던 가게

와 같은 거리에 있었지만, 아주 멀게 느껴졌다.

가게 앞에는 커다란 종려나무가 있어서, 길에 면한 창문을 가리고 있다.

통나무집처럼 천장이 높은 구조다. 옆에 빵집이 붙어 있고, 요즘 유행하는 멋진 북 카페다.

무엇보다 그늘 속으로 들어가는 것이 고마웠다. 세 사람은 입구와 가까운 소파에 진을 친다. 에어컨도 가동되고 있겠지만, 햇빛이 차단되어 있어서 서늘하다. 자리에 앉자 땀이 기분 좋게 쑥 들어간다.

소파 뒤에 지구의 모양의 램프가 있었다.

안쪽에서 빛을 내는 지구의. 그것은 왠지 이상야릇한 느낌을 주었다. 실제로 지구 안쪽에는 맨틀이 있으니까, 안이 뜨겁다는 의미에서는 똑같다.

커다란 탁자 위에 새빨간 수국꽃이 꽂혀 있다.

다몬은 그 붉은색이 산뜻하게 느껴졌다. 수국 잎은 과연 우기의 식물 잎사귀답다. 물기를 머금어 촉촉하게 젖어 있고, 어딘지 모르게 무거운 색을 띠고 있다.

불량한 중년 남자 셋이 소파에 축 늘어져 있는 모습은 자신이 보기에도 수상쩍었다.

오노에는 갈색 소파에 기대앉아 있으면 해변 바위에 올라앉은 바다사자 같은 느낌을 준다.

"아아, 이제야 살 것 같군."

"나는 밀맥주."

"또 마셔?"

"아까 마신 건 땀으로 다 나와 버렸어."

"난 카레나 먹을까."

다몬은 몸이 시원해지자 갑자기 허기를 느꼈다.

"점심이야? 그것도 좋지. 나도 주문할래."

오노에가 몸을 내밀고 메뉴를 들여다본다.

"넌 아침을 그렇게 많이 먹어 놓고, 벌써 점심을 먹냐?"

미즈시마가 어이없다는 투로 말했다.

"더위 때문에 다 소화됐어."

오노에는 시치미 떼는 얼굴로 카레 3인분을 주문한다.

천장에서 목제 선풍기가 천천히 돌고 있다.

그러고 보니 저것도 한때 유행했었지.

이렇게 생각하면서 다몬은 소파에 등을 기댄 채 천장을 쳐다보았다. '카페 바'라는 정체불명의 음식점이 유행한 시절이다. 왜 그런지는 모르지만 어디나 인테리어는 하얀색으로 되어 있어서, 하얀 천장에서 선풍기의 긴 날개가 빙글빙글 돌고 있었다.

그 선풍기 날개가 도는 것을 보고 있으면 언제나 눈이 풀리면서 졸음이 온다.

프란시스 코폴라* 감독의 「지옥의 묵시록」 첫 장면을 연상하는 모양이다.

식민지풍이라는 말이 생각난다.

여긴 어디일까? 베트남? 말레이시아? 아니면 발리섬? 어디에도 가 본 적은 없지만.

왠지 모르게 사치스러운 느낌이다.

다몬은 갑자기 그런 감개가 치밀어 오르는 것에 놀란다.

나잇살이나 먹은 주제에 이런 곳에서 이런 것에 흥겨워하고 있다니.

"아까 다몬이 한 얘기는 무서웠어."

오노에가 토마토주스를 마시면서 중얼거렸다.

"그건 길거리에서 들었기 때문에 무서웠던 거야. 무대효과 만점이었지. 사마귀도 나왔고."

미즈시마는 소파 등받이에 두 팔을 올려놓는다.

"다음은 내 차례인가?"

오노에가 입을 닦고 말을 이었다.

"대단한 이야기는 아니지만, 사소한 이야깃거리를 두 개 합쳐서 한 판이 된 거야."

"유도의 한판승인가?"

미즈시마가 곧바로 끼어든다.

---

* Francis Ford Coppola(1939~): 미국의 영화감독. 1970년대를 풍미했던 거장이다. 「지옥의 묵시록」은 베트남전쟁을 배경으로 한 묵직한 영화로, 1979년에 개봉했다.

이러니저러니 해도 이들 둘은 좋은 콤비다. 겉보기에도 '요철(凹凸)'이고, 둘이 번갈아 재담을 주고받는 콤비로 보이지 않는 것도 아니다.

"난 이래 봬도 뜻밖에 출장이 많아."

"듣지는 못했지만 많겠지."

"특히 최근에 국내 출장이 많았어. 작곡을 의뢰받거나, 무엇 때문인지 강연 의뢰를 받기도 해. 이동하는 동안 아이디어가 떠오르니까 출장은 되도록 거절하지 않기로 하고 있어. 처음 가는 곳에서는 영감이 솟아나거든."

"흐음, 그런가?"

"시코쿠의 T현에 갔을 때의 일이야. 역전에 있는 비즈니스호텔에 묵었는데, 아무런 특징도 없는 그냥 평범한 호텔이었어. 나는 호텔에 도착하면 맨 먼저 하는 일이 있지."

"알겠어. 어딘가 보이지 않는 곳에 부적이 붙어 있지 않나 하고 찾는 거겠지? 액자 뒤라든가 옷장 속이라든가."

미즈시마가 대뜸 기세 좋게 말하자 오노에는 웃으면서 손을 저었다.

"아니야. 내 베갯잇을 씌우는 거야."

"베갯잇? 베개를 갖고 다닌다는 얘기는 들었지만."

다몬이 되물었다. 베개가 바뀌면 잠을 못 잔다는 말은 들은 적이 있다.

"베개는 바뀌어도 괜찮아. 평소에 쓰는 베갯잇만 씌워져 있으면 돼. 냄새와 감촉이 마음을 안정시켜 주거든. 그래서 호텔방에 들어가면 우선 베개에 베갯잇을 씌워."

"베개는 사이즈가 다양하잖아."

"최대 사이즈를 갖고 다니니까, 대개는 그걸로 해결돼."

"흐음."

"그런 다음 사람들을 만나서 타합을 하고, 밥 먹고, 방에 돌아와서 일하고 잠자리에 들었지. 한밤중이었어. 막 잠이 들려는데 창밖에서 고양이 우는 소리가 나는 거야. 야옹야옹, 야옹야옹. 꽤 오랫동안."

"길고양이인가?"

"비즈니스호텔 14층이야. 베란다는 없어."

다몬과 미즈시마는 그 말이 무엇을 의미하는지를 생각했다.

"옆방 손님이 데려온 고양이겠지. 캐리어에 넣어서 몰래."

"내 방은 모퉁이에 있었고 옆방은 비어 있었어."

"빈방이라는 걸 어떻게 알아?"

"이튿날 아침에 확인했으니까."

"아랫방이나 윗방일 수도 있잖아."

"아니야. 소리가 나는 방향으로 보면 분명 내 방의 창밖이었어. 그날 밤에는 졸려서 그냥 '아, 고양이 울음소리구나.' 하는 정도로밖에 생각지 않았지만, 이튿날 호텔 밖으로 나와서 내 방의 위치를 확인해 보고 그건 정말 이상하다는 걸 깨달았지."

"고양이 유령인가?"

"글쎄. 하룻밤 더 묵어 보면 알았을지도 모르지만, 그날 하루만 묵었으니까. 단순하지만 불가사의하지 않아?"

"확실히 그렇군."

아무렇지도 않게 흘려들어 버릴 수도 있을 것 같지만, 잘 생각해 보면 불가사의하다.

어쩌면 일상생활에도 그런 일이 있는데 그냥 지나쳐 버리고 있는지도 모른다. 바로 저곳에 괴이한 무언가가 있어도, 그것이 일상의 얼굴을 하고 있어서 알아차리지 못할 뿐이다. 그런 일이 얼마나 될까.

뜻밖에 많을 것 같다. 다몬은 그런 생각이 들었다.

내가 멍해 있어서 알아차리지 못할 뿐인지도 몰라.

"그런데 두 개 합쳐서 한 판이 되었다고 했는데, 또 하나는 뭐야?"

미즈시마가 밀맥주를 마시면서 재촉했다.

"이것도 남의 집에 묵었을 때의 이야기인데."

"그때도 베갯잇을 가져갔냐?"

"난 언제나 가방에 갖고 다녀. 베갯잇 정도는 자리를 크게 차지하지도 않으니까."

"그런가?"

"그건 친구네 집이었어. 상당히 오래전 일이지만."

카레가 나왔다. 향신료 냄새가 좋아서 식욕을 돋운다.

저도 모르게 이야기를 멈추고 카레에 전념했다. 카레라는 음식은 그렇게 색다를 것도 없는데, 언제나 먹기 시작하는 순간 신선한 흥분이 솟는다.

"학창 시절 친구였고, 아직 20대 시절이었어. 함께 술을 마시다가 그대로 그 녀석 집에서 자게 됐지. 흔히 있는 평범한 아파트였어."

카레를 거의 다 먹은 뒤, 오노에는 하던 이야기를 계속하기 시작했다.

"그렇게 옛날부터 베갯잇을 갖고 다녔어?"

미즈시마가 어이없다는 얼굴로 말한다.

"응. 사실대로 말하면 어릴 때부터였어. 수학여행 때도 가져갔는걸."

"설마 줄곧 같은 베갯잇이었다는 말은 아니겠지?"

찜찜하다는 듯이 미즈시마가 묻자, 오노에는 싱긋 웃었다.

"그건 아니야. 하지만 일전에 카를 라거펠트*의 다큐멘터리영화를 보았는데, 그 사람은 열한 살 때부터 같은 쿠션을 줄곧 갖고 다녔대. 쿠션에 열차가 수놓아져 있었던 모양이야. 거의 닳아 없어졌지만."

"라이너스**가 늘 갖고 다니는 담요나 마찬가지군. 그런데 친구 집에 묵었을 때 무슨 일이 일어났는데?"

오노에는 쓴웃음을 지으며 대머리를 문질렀다.

"진부한 이야기라서 미안하지만, 밤중에 발치에 남자가 서 있었어."

"물론 잠이 덜 깬 친구라든가, 너한테 사랑을 고백하려 한 친구라고 말할 셈은 아니겠지?"

"물론 아니야. 군인이었거든."

오노에는 고개를 끄덕였다.

"그렇군. 그 아파트 부지가 과거에 육군 훈련소였다든가?"

"아니, 아니야. 그때도 비몽사몽이었어. 아아, 발치에 군인 아저씨가 서 있구나 하고 생각한 건 기억나. 코트 차림에 각반을 두르고, 총검을 들고, 대머리였어. 모자

---

* Karl Lagerfeld(1933~2019): 독일 출신의 패션 디자이너.
** 『피너츠』(찰스 M. 슐츠가 1950~2000년에 연재한 만화 시리즈)에 나오는 캐릭터. 엄지손가락을 입에 물며, 항상 담요를 몸에 지니고 다닌다.

는 쓰지 않았지만, 이건 어떻게 보아도 군인이구나 하고 생각했지. 그 사람은 무표정하게 내 쪽을 바라보고 있었어."

"이불 위를 척척 행진해 오지는 않았어?"

"응. 나는 그대로 곤히 잠들어 버렸어."

"진부한 질문이라서 미안하지만, 꿈이었을 가능성은 없어?"

"나도 꿈이라고 생각했어. 이상한 꿈을 꾸었다고. 하지만 이튿날 아침은 갑자기 기온이 뚝 떨어져서 몹시 추웠어. 그래서 친구가 벽장에서 낡은 코트를 꺼냈는데, 그게 전날 밤 꿈에서 본 군인 아저씨가 입고 있었던 바로 그 코트였어."

"으악."

미즈시마와 다몬은 몸을 뒤로 젖혔다.

"깜짝 놀라서 그 코트 누구 거냐고 물었더니, 동네 고물상에서 산 거라더군. 질기고 따뜻하고 값도 싸서 샀다는 거야."

"그건 틀림없이 군에서 방출한 물건이거나 유족이 내놓은 걸 거야."

"어느 쪽일까. 어쨌든 친구가 코트를 꺼낼 때까지 나는 그걸 본 적이 없었어, 전날 밤 꿈에 나온 그 코트를."

"으음, 두 개를 합치지 않아도 충분히 한판승이야."

"그거 다행이군."

식후 커피를 주문한다.

"괴담은 왜 이렇게 인기가 있을까. 21세기가 되면 과학의 진보와 함께 없어질 줄 알았는데, 전혀 그렇지 않아. 실제로 존재하기 때문일까? 아니면 실제로 존재하지 않기 때문일까?"

다몬이 누구한테 묻는 것도 아닌 말투로 중얼거렸다.

"양쪽 다가 아닐까?"

잠시 후 미즈시마가 대답하고는 말을 이었다.

"있을지도 모르고, 그래서 좋은 거야. 믿느냐 안 믿느냐가 아니라, 모르니까 좋다고 생각하고, 그래서 사람들이 필요로 한다고 생각해."

"그래, 맞아."

오노에도 고개를 끄덕인다.

"나는 괴담을 이야기하고 있으면, 좀 과장일지 모르지만 '살아 있다'는 느낌이 들어."

"살아 있다고? 왜?"

"무서운 이야기를 하고 있으면 이따금 소름이 돋거나 항문이 스멀거리거나, 그런 구체적인 생리 반응을 체감할 수 있잖아? 아아, 내가 무서워하고 있구나, 내 몸이 반응하고 있구나, 하는 생각이 들어."

오노에가 무엇을 말하고 싶어 하는지, 다몬은 왠지

알 것 같은 기분이 들었다.

  태어난 지 반세기나 지나면 대부분의 감정은 너무 익숙해져서 이골이 나 있고, 대개는 상상이 간다. 그런데 그중에서도 공포는 만날 때마다 신선한 감정이다.

  언제 먹어도 설레게 되는 카레처럼.

  다몬은 빈 접시를 보았다.

  "그리고 괴담을 하고 있을 때의 독특한 친밀감이 좋아. '무섭다'는 감각을 공유하고 있다는 일체감이 있잖아. 비즈니스를 뺀 일체감. 괴담만큼 이야기하는 것 자체를 목적으로 하는 순수한 화제는 없어. 이렇게 백주대낮에 오래된 도시의 한 귀퉁이에서 남몰래 소름이 돋는다는 게 너무 즐거워."

  "묘하게 뒤가 켕기는 느낌은 있어."

  미즈시마가 인정하고는 말을 이었다.

  "뒤가 켕기는 것과 즐거움이 표리일체라는 건 잘 알려져 있지."

  커피가 나왔다.

  그 향긋한 냄새를 맡자, 콧속에 아직 카레의 향신료 냄새가 남아 있다는 것을 깨닫게 된다.

  백주대낮인가.

  다몬은 현관 앞의 커다란 종려나무 틈새로 지나가는 사람들을 멍하니 바라보고 있었다. 문자 그대로 하얀 햇살 속을 오가는 사람들. 여름의 교토만큼 '백주대낮'이라는 말이 어울리는 곳도 없다.

찜통더위에 백주대낮. 어딘가 비현실적인, 아주 작은 공간이 뚜렷이 떠올라 보이는 도시.

하얀 양산을 쓴 작달막한 여자가 천천히 지나간다.

상당히 나이가 많은 여성이라는 느낌이 들었다. 파란색의 자잘한 꽃무늬가 흩뿌려져 있는 무명 원피스.

백일몽. 하얀 양산을 보자 그런 말이 떠오른다.

이 거리는 지금 백일몽을 꾸고 있다. 어차피 우리는 거리가 꾸고 있는 백일몽 속의 등장인물일 뿐이다.

7

점심을 충분히 먹은 탓인지, 아니면 벌써 몸이 익숙해졌는지, 찌는 듯이 무더운 오후의 거리를 걷는 것이 이제는 생각만큼 힘들지 않았다.

소화도 시킬 겸, 길게 이어진 가모가와강^{*}을 따라 걷기로 한다.

"교토에서 학창 시절을 한번 보내 보고 싶었어. 교토는 영원한 대학촌이야."

---

* 鴨川. 교토 시내를 흐르는 강. 강둑은 산책로로서 주민과 관광객들에게 인기가 있다.

미즈시마가 중얼거린다.

"흐음. 나도 지금은 그렇게 생각해. 젊은 시절에는 그렇게 생각지 않았지만."

오노에가 턱을 문질렀다. 토박이한테는 또 다른 감정이 있을 것이다.

가모가와강은 물이 탁하고 수량도 많은 것 같았다. 태풍이 비껴갔다고는 하지만, 산 쪽에는 비가 꽤 많이 내렸을 것이다.

"어른이 된 거야."

다몬이 중얼거리자, 그 말을 듣고는, 늘 그렇듯이 미즈시마가 따지고 들었다.

"무엇 때문에 그렇게 생각했지?"

"이렇게 멍하니 가모가와 강변을 걷고 있으니까."

"좀 더 자세히 말하면?"

"젊은 시절에는 산책을 해도, 어디에 있어도 자의식 과잉이었지. 뭔가 하지 않으면, 뭔가 느끼지 않으면, 뭔가 세계에서 흡수하지 않으면 안 된다고 늘 신경이 곤두서 있었어. 남들이 보고 있지 않은데도 누군가가 보고 있는 듯한 기분이 들었지. 하고 싶은 일이 아무것도 보이지 않는데도 시간을 낭비하고 있는 듯한 기분이 들어서 언제나 초조했어."

"흐음. 너도 그렇게 느꼈냐?"

"아마 느끼고 있었을 거야. 이제 와서 생각해 보면 그렇다는 거지만. 20대 시절이라면 이런 식으로 순수하게 산책을 즐기지는 못했을 거야. 지금은 즐길 수 있잖아."

"그렇군. 그럼 나도 어른이 되었다는 거네."

미즈시마는 강바람이 불어오는 쪽을 바라보았다.

멀리 산들의 능선이 짙은 쪽에서 연한 쪽으로 푸른색 그러데이션을 그리며 이어져 있다.

비가 개었는데도 그 윤곽은 유리창 너머로 보는 것처럼 부예져 있었다.

아지랑이 탓인가, 하고 다몬은 생각했다.

"—나 옛날에는 등산을 꽤 좋아했어."

교토대학 북문 앞에 있는 오래된 찻집에 자리를 잡자 미즈시마가 이야기를 시작했다.

묵직한 긴 탁자와 긴 의자가 늘어서 있는 이 가게는 다몬도 알고 있는 유명한 찻집이다.

학교 앞이라서 학술 관계자로 보이는 사람들이 조용히 글을 쓰고 있는 모습이 눈에 띈다.

이런 환경이라면 공부를 했을지도 모른다.

다몬은 가게 안에 흐르는 조용하고 평화로운 공기를 들이마시며 카페오레를 주문했다.

"학창 시절의 마지막 해, 여름 등산철이 끝날 무렵, 모두 함께 일본 알프스*에 올라가서 텐트를 쳤지. 날씨도 좋고 즐거웠어. 추억을 만들기에는 그만이었지."

오노에는 고개를 끄덕이면서 아이스커피에 검 시럽을 넣고 있다.

이 녀석은 단것을 좋아하는군. 아니, 술도 마시니까 쌍칼잡이인가?

다몬은 카페오레에 설탕을 넣을까 말까 망설이다가 조금만 넣기로 했다.

"그래서 일찍 잠자리에 든 거야. 텐트는 두 개를 쳤는데, 각각 네 명씩 누우면 빠듯한 크기였지. 아주 조용한 밤이었고, 모두 눕자마자 곯아떨어졌어. 정신을 잃을 정도로 깊은 잠에 빠져들었지."

미즈시마는 아이스커피를 블랙으로 마시고 있었다.

"그런데 밤중에 으악, 하는 비명 소리가 들려서 모두 벌떡 일어났어. 뭐야, 무슨 일이야 하고 두리번거렸더니, 내가 있던 텐트의 맨 끝에서 자고 있던 녀석이 파랗게 질린 얼굴로 몸을 웅크리고 있는 게 보이는 거야. 왜 그러냐고, 몸이라도 아프냐고 물었지."

* 일본 주부 지방에 있는 히다산맥·기소산맥·아카이시산맥의 별명. 메이지 시대에 영국인들이 알프스산맥과 비슷하다고 해서 그런 이름을 붙였다.

미즈시마는 잠시 망설였다.

"물었더니?"

오노에가 다음 이야기를 눈으로 재촉했다.

"그랬더니 녀석은 '방금 텐트 바깥쪽에서 누군가가 내 팔을 쓰윽 어루만졌어.' 하는 거야."

미즈시마는 그렇게 말하고 자기 팔을 쓰윽 문질렀다.

"에에?"

"아아, 싫어."

다몬은 미즈시마의 팔을 보고 오싹했다.

아아, 생리적 반응이 지금 막 일어나고 있다.

"그러니까 텐트 너머로 만졌다는 거야?"

오노에가 묻자 미즈시마는 창백해진 얼굴로 고개를 끄덕였다.

"지금 이야기하다가 생각났는데, 그때는 정말로 무서웠어. 모두 오싹 소름이 끼쳐서, 텐트 안에서 몸을 맞대고 바싹 붙어 앉았지. 옆 텐트에 있던 애들도 모두 일어나서 주위를 둘러보았어. 하지만 거기는 산 위야. 캄캄해서 아무것도 보이지 않고, 물론 다른 사람이 있는 기척 같은 것도 전혀 없었지. 그때만큼 텐트가 무방비하게 느껴진 적은 없었어. 모두 텐트 끝에 눕는 걸 무서워해서, 결국 날이 밝을 때까지 줄곧 깨어 있었지."

"우와아."

"무언가 작은 동물이 있었겠지, 하고 각자 마음을 달래고 있었지만, 실은 아무도 그렇게 생각하지 않았어. 실제로 당한 녀석은 자기 팔을 잡은 손가락 감촉이 남아 있다고 말했으니까."

그 감촉을 상상하면 온몸에 소름이 끼치는 듯한 느낌이 든다. 비바람을 그대로 맞는 야외의 높은 산꼭대기. 나일론 포(布) 하나를 사이에 둔 텐트 바깥쪽에 누군가가 있다가 손을 뻗어 온다. 텐트 안에 누워 있는 사람의 실루엣이 방수포에 닿은 곳에 떠올라 있다. 누군가가 손을 뻗어 그 팔을 잡고, 손을 미끄러뜨려 쓰다듬는다.

"우와아. 그건 정말 싫어."

다몬은 무의식중에 가게 안을 둘러보고 있었다.

기분 탓인지, 가게 안의 온도가 낮아진 듯한 느낌이 든다.

"산이라는 데는 원래 괴담이 많은 곳이지만, 나도 그때까지는 한 번도 그런 경험이 없었기 때문에 나하고는 상관없는 일이라고 생각하고 있었어. 하지만 그건 정말로 웃어넘길 수 없는 일이랄까."

이야기하고 있는 본인도 그때를 생각하면 기분이 섬뜩한 모양이다.

"아, 좋아, 좋아. 정말로 오싹한데."

오노에는 덜덜 떨면서도 즐거워 보인다. 진심으로 괴담을 좋아하는 모양이다.

"지금도 그때 이야기가 나와. 그건 도대체 무엇이었을까 하고."

"아아, 싫어. 오늘 밤은 화장실에도 못 갈 것 같아."

다몬이 중얼거리자, 오노에가 웃으면서 손뼉을 쳤다.

"반가운 얘기군. 화장실에 갈 수 없게 된다. 이게 기본이지."

"확실히 그래. 나도 오랜만에 그런 감각을 생각해 냈어. 좁은 아파트에서는 화장실에 가기가 무섭다는 감각 따위는 없으니까."

"요컨대 그건 화장실이 무서운 게 아니라 복도가 무서운 거야. 어딘가를 지나서 화장실에 간다는 게 싫은 거지."

"그래. 다른 세계로 가는 통로라는 느낌이 들어서."

"그렇게 말한다면, 나는 요즘도 머리를 감는 게 너무 무서워."

오노에가 비밀을 털어놓듯이 조용히 중얼거렸.

그러자 미즈시마가 크게 고개를 끄덕인다.

"나도 그래. 무방비 상태라는 느낌이 들기 때문일 거야."

"하지만 머리를 감고 있을 때는 비교적 번득이는 아

이디어가 떠오르기도 하지."

"아아, 그 느낌 알아."

한동안 대화가 활기를 띤 것은 방금 들은 이야기가 정말로 무서웠기 때문이라는 것을 깨닫는다.

정말로 웃어넘길 수 없는 이야기야.

다몬은 쓴웃음을 지었다.

오늘 밤 호텔에서 샤워를 하기가 정말로 무서워진다.

"좋아. 오늘은 한 집만 더 들르고 끝내자."

오노에가 시계를 본다. 벌써 3시 반이 다 되어 가고 있었다.

"뜻밖에 여러 곳을 돌 수는 없군. 아침 10시에 출발해서 겨우 다섯 집인가?"

"술이라면 여러 곳을 순례하면서 얼마든지 마실 수 있는데, 청량음료는 그렇게 많이 마실 수 없군."

거의 땀으로 배출된다고는 하지만, 배는 상당히 출렁거린다.

"그럼 야간에 대비해서 번화가로 돌아가자."

오노에가 말하고 일어선다.

계산을 끝내고 밖으로 나올 때, 우산 거치대에 놓여 있는 하얀 양산에 문득 다몬의 눈길이 멈추었다.

어라, 이 양산은 아까도 본 것 같은데.

가장자리가 레이스로 되어 있고, 손잡이에 연파랑

리본이 묶여 있다.

기분 탓인가. 양산은 모두 비슷비슷하니까.

가게 안을 둘러보지만, 남자가 많고 양산의 주인으로 여겨지는 사람은 보이지 않는다.

미즈시마가 말했듯이, 남자가 사용하고 있는지도 모른다.

세 사람은 다시 백주대낮의 거리로 나왔다. 그래도 태양은 착실하게 서서히 기울고 있다.

8

"여기서는 다몬이 이야기를 마무리해 줄래?"
"응, 좋아. 내 휴대전화, 어디 있더라."
다몬은 휴대전화를 찾았다.
"이봐, 이야기를 마무리하는데 왜 휴대전화를 찾는 거야?"
"사진을 찍어 두었거든."

번화한 가와라마치 거리에 면한 그 찻집은 가족이 경영하고 있는 아담한 가게다.

1층과 지하층이 있었지만, 오노에는 망설이지 않고 지하로 내려갔다.

카운터와 테이블이 늘어서 있고, 벽 장식에서 쇼와 시대의 향기를 느낄 수 있었다.

"이건 내 친구의 숙부 이야기인데."

다몬이 이야기를 시작했다.

괴담 투어라는 말을 듣고, 마침 며칠 전에 친구와 했던 이야기가 생각난 것이다.

"다몬, 무심한 듯 태연한 너의 그 말투가 실은 괴담에 아주 잘 어울려."

칭찬인지 아니면 비난인지, 오노에가 진지한 얼굴로 중얼거렸다.

"그 숙부는 미즈시마처럼 등산이나 야외 활동을 좋아해서 여기저기 자주 돌아다니셨대. 그러다가 만년에 병이 나서 거의 자리보전하게 되어 버린 거야. 난치병으로 지정된 병이라서 일어나지도 못하고, 몇 년 동안 투병하다가 결국 돌아가셨지."

"정말 힘드셨겠군. 아웃도어형 인간이라면 더욱 힘들지."

"응. 그런데 숙부가 돌아가시고 얼마 후에 부인—그러니까 내 친구한테는 숙모가 되지. 그 숙모의 휴대전화가 고장 나 버렸어. 숙모는 휴대전화를 새로 사기보다 돌아가신 남편이 쓰던 스마트폰을 그대로 물려받아 쓰기로 한 거야."

"그렇군."

"그 후 숙부의 49재 때 친척들이 모두 모였대. 그때 이미 숙모는 남편의 스마트폰을 쓰기 시작했는데, 49재에 온 아이가 그 스마트폰을 만지작거리며 놀고 있었대. 어린애들은 휴대전화나 게임기 같은 걸 손에 넣으면 이것저것 눌러 보잖아. 그 아이가 어떤 앱의 조작 패널을 눌러 버려서 화면이 열린 것을 누군가가 발견한 거야."

"무슨 앱인데?"

"만보기였대."

"그래서?"

"요즘 앱은 대단해. 달력과 연동되어 있어서 며칠날 몇 걸음 걸었는지를 기록하는 거야. 숙모는 별생각 없이 그 만보기 앱의 기록을 살펴보았는데, 물론 숙부가 만년에는 전혀 움직이지 못했으니까 만보기 앱의 걸음수도 줄곧 '영(0)'으로 되어 있었지."

여기서 다몬은 제 스마트폰의 앨범을 열었다. 그리고 친구에게 부탁해서 찍은 사진을 찾아낸다.

"자, 이걸 봐."

세 사람은 작은 액정 화면을 들여다본다.

거기에는 스마트폰의 화면이 찍혀 있었다.

날짜와 걸음 수가 표에 나열되어 있다. 12월 1일, 0. 12

월 2일, 0. 그 후로도 줄곧 0이라는 숫자가 늘어서 있다.

"그런데……"

다몬은 다음 사진을 보여 주었다.

그 사진에도 방금 본 사진과 같은 스마트폰 화면이 찍혀 있었다.

그런데 한 군데만 숫자가 달랐다.

12월 20일, 908,750.

"―이게 어떻게 된 거야?"

미즈시마와 오노에는 조그맣게 소리를 질렀다.

"거기 나와 있는 대로야. 숙부는 그날 하루만 90만 보 넘게 걸은 거지."

"에에?"

"하지만 숙부는 그 날짜보다 전에 돌아가셨어. 12월 20일, 그날이 바로 초칠일이었대."

"뭐라고?"

두 사람은 얼굴이 파래졌다.

"90만 보를 실제로 걸으면 도카이도 신칸센* 구간과 비슷한 거리가 되는 모양이야."

"그런데 숙모는 언제 스마트폰을 물려받았지?"

* 東海道 新幹線: 도쿄역에서 오사카의 신오사카역까지 잇는 철도 노선. 거리는 약 550킬로미터.

"숙부가 돌아가신 지 한 달 이상 지난 뒤였고, 그때까지 스마트폰을 작동시킨 기억은 없다는 거야."

"그럴 수가."

두 사람은 혼란스러운 표정으로 서로를 마주 본다.

"숙부는 틀림없이 그날 천국으로 여행을 떠난 거라고 모두 입을 모아 말했대. 내 이야기는 이걸로 끝이야."

"천국으로 여행을 떠나다니, 이건 그런 훈훈한 이야기야?"

두 사람은 집어삼킬 듯이 사진을 들여다보았다.

"무슨 트릭은 아니고?"

"진짜 중의 진짜야."

"으음, 마무리치고는 너무 굉장한데."

오노에는 다몬의 얼굴과 스마트폰 화면을 번갈아 보고 있다.

그때 오노에의 휴대전화가 울리기 시작했고, 그는 우스꽝스러울 만큼 당황했다.

"야아, 겁주지 마."

오노에는 허둥지둥 휴대전화를 꺼내 화면을 본다.

그리고 갑자기 진지한 얼굴이 되었다.

"잠깐 실례."

오노에는 일어나서 지상으로 올라가는 층계참에서 전화를 받았다.

"에에? 그런…… 갑자기…… 알았어."

빠르게 말하는 소리가 들리고, 오노에가 창백해진 얼굴로 계단을 내려왔다.

"미안. 잠깐 병원에 갔다 올게."

"왜? 무슨 일이야?"

오노에는 목소리를 죽였다.

"할머니가 방금 돌아가셨대."

"뭐?"

"줄곧 입원해 계셨고, 이제 오래 살지 못할 거라는 말은 들었지만, 갑자기 용태가 나빠진 모양이야. 나는 잠깐 다녀올게. 둘이서 먼저 하고 있어. 나중에 합류할 테니까."

"그래도 괜찮겠어?"

"응, 괜찮아. 작별 인사만 드리고 올게."

"여차하면, 무리해서 돌아오지 않아도 돼."

"전화할게."

오노에는 뜻밖에 경쾌한 걸음으로 계단을 뛰어 올라갔다.

다몬과 미즈시마는 오노에를 배웅한 뒤, 다시 자리에 앉았다.

"생각지도 않은 결말이었어."

"으음, 오늘의 이벤트에 어울리는 결말 같아."

"이제 어떻게 하지?"

"일단 호텔로 돌아갈까? 짐은 방으로 가져다줄 테니까, 체크인만 하고 나오자."

"그럴까?"

커피를 다 마시고 일어선다.

카운터에서 계산을 하면서 다몬은 문득 카운터 구석 자리에서 우아하게 커피를 마시고 있는 여성에게 주의가 미쳤다.

자잘한 푸른색 꽃무늬가 흩뿌려져 있는 원피스.

어라? 카운터 위에 접힌 양산이 놓여 있다.

레이스 가장자리. 손잡이에 연파랑 리본.

다몬이 얼굴을 바라보자, 고상하게 생긴 할머니가 이쪽을 보며 방긋 미소를 짓는다.

어? 다몬은 흠칫 놀랐다. 저 사람, 본 적이 있어.

오전에 갔던 가게에서 달걀샌드위치를 먹고 있었지. 저 양산. 줄곧 우리와 같은 가게에 있었나?

"320엔, 거스름돈입니다."

"아, 예."

거스름돈을 받고 다시 한번 카운터 구석 자리를 바라본다.

하지만 그곳엔 이미 아무도 앉아 있지 않았다.

양산도 커피잔도 아무것도 없다.

―어쩌면 오노에의 할머니였을까?

설마, 그럴 리가.
머릿속이 하얘졌다.
아무리 그렇다 해도, 너무 딱 들어맞는다. 어쩌면 그녀는 괴담을 좋아하는 손자를 위해 이야기를 재미나게 마무리해 준 게 아닐까?
"왜 그래?"
멍해 있는 다몬에게 미즈시마가 말을 걸었다.
"으응, 아무것도 아니야."
다몬은 고개를 젓고 다시 한번 아무도 없는 카운터 구석 자리에 눈길을 준 뒤, 미즈시마와 함께 지상으로 이어지는 계단을 오르기 시작했다.

커피 괴담
II

1

"―오렌지와 레몬."

벤텐 다리* 위에서 다몬은 요코하마 랜드마크 타워와 대관람차를 시야에 담으면서 중얼거렸다.
"과일 먹고 싶지 않아?"
그러자 곧바로, 저주와도 비슷한 목소리가 날아온다.
"이렇게 추운데?"
몹시 추운 오후였다.
다몬은 뒤를 돌아보는 오노에와 미즈시마를 바라본다.
지난번에 이 친구들과 만났을 때는 찜통 같은 무더위 속에서 헐떡이고 있었는데, 같은 나라인데도 몇 달이 지나면 그게 환상이었나 싶을 만큼 이렇게 체감온도가 달라져 버리다니. 사계절은 참으로 불가사의한 것이다.
"아이고, 추워. 이거 혹시 '고가라시'** 1호 아냐?"
"다리 위에는 원래 바람이 부는 법이야."

---

* 弁天橋. 요코하마시 나카구의 오카강에 놓인 다리. 벚꽃 명소로 유명하다.
** 늦가을에서 초겨울에 나뭇잎을 흩날리는 찬 바람. 겨울이 왔음을 알려 주는 현상이다.

앞서가는 두 사람을 보고 있자 다몬은 데자뷔를 느꼈다.

교토의 골목. 아지랑이 속을 걷고 있던 두 사람의 어깨가 오버랩되는 것처럼 느껴졌다.

아이고, 더워. 아이고, 추워. 이런 원망 섞인 투덜거림을 반년마다 질리지도 않고 되풀이하면서 시나브로 나이를 먹어 가는구나 하고 실감했다.

요코하마에 온 것은 오랜만이었다.

라이브 공연 일로만 왔기 때문에 라이브 하우스와 이벤트 홀밖에는 기억에 없다. 사쿠라기초역에서 내려 로터리로 나오자 너무 높고 거대한 빌딩들이 서 있어서 놀랐다. 기억 속의 풍경과는 완전히 달라져 버렸다.

요코하마라고 그 지명을 입으로 말할 때의 이미지와 눈앞에 보이는 실체를 하나로 통합할 수가 없다.

"어서 첫 번째 가게로 들어가자."

"구로다는?"

"오늘 밤에 호텔에서 합류한대."

오노에와 미즈시마, 두 사람은 어깨를 잔뜩 움츠린 채 빠른 말씨로 이야기를 나눈다.

늘 그렇듯이 쓰카자키 다몬은 그 뒤를 휘청휘청 따라간다.

다리를 건너자, 근미래적인 역전 풍경과는 분위기가

완전히 달라졌다.

그래, 이게 요코하마의 이미지야.

낡은 석조 건물이 늘어서 있는 거리에 이르렀다. 묵직한 느낌을 주는 거리. 이제는 죽은말이 된 '하이칼라'*나 '하쿠라이'**라는 단어가 떠오른다. 간선도로에는 차량이 붐비고 당당한 대도시지만, 바로 가까이에 바다의 분위기를 숨기고 있다. 엎드리면 코 닿을 곳에 바닷바람의 예감이 있다.

듣자니까 요코하마는 원래 아무것도 없는 어촌이었는데, 여기가 촌락의 중심이라고 속이고, 일본이 개국한 뒤 갓 들어온 외국인들을 수용하기 위해 억지로 거류지를 만들었다고 한다.

애초부터 가짜였던 도시. 그것은 그것대로 재미있다.

오렌지와 레몬—

왜 이 구절이 머리에 떠올랐을까.

오노에와 미즈시마는 모퉁이를 돌아서, 오래되어 보이는 길로 들어섰다.

간판을 올려다본다.

---

* 서양식 유행을 따르던 멋쟁이를 이르던 말.
** 舶來. 원뜻은 '배에 실려 온'으로, 예전에 일본에서 '외래의, 수입된' 이라는 뜻의 단어로 쓰였다.

아, 여기가 그 유명한 '바샤미치'*인가.

이름만 아는 곳. 당연히 과거에는 길에 깔린 판석 위를 마차가 달리고 있었을 것이다.

곧 중후한 석조 건물이 눈에 들어온다. 모서리 꼭대기에는 푸른빛을 띤 돔이 얹혀 있다.

과거에는 은행이었다는 것을 한눈에 알 수 있는 건물이다.

입구에는 빗돌이 있고, 그 빗돌에는 이 건물이 원래 요코하마 정금(正金) 은행** 본점이었다는 내용이 적혀 있다. 지금은 현립역사박물관이 되어 있다. 요코하마 정금 은행이라면 일본의 근대화 시기에 외국에 나간 사람들이 송금을 받은 곳이라는 이미지가 있다. 생활비나 학비가 끊기거나 들어오거나, 돈에 얽힌 유학생들의 희비가 엇갈렸다.

오노에와 미즈시마가 다시 모퉁이를 돌아서 가게로 들어가는 것이 보였다.

저기가 첫 번째인가.

유리를 끼운 세련된 실내. 적자색 융단이 깔린 찻집

---

* 馬車道. 요코하마시 나카구에 있는 지역명이자 도로명. 19세기 후반 요코하마가 개항한 뒤 이곳에 설치된 거류지의 외국인들이 마차를 타고 다닌 길이다.
** 1880년에 무역 금융과 외환 업무를 관장하기 위해 설립된 특수 은행. 패전 후 해체되었다.

은 역사를 느끼게 한다.

"어라, 여긴 홍차 전문점이잖아?"

구석 자리 탁자에 앉은 다몬은 가게 안을 둘러보았다. 가게 이름도 '사모바르'. 찻물을 끓이는 도구의 이름으로 되어 있다.

"그래."

오노에가 재킷을 접으며 시큰둥하게 고개를 끄덕였다.

"괜찮아? 하지만 여기는 커……."

끼어들려는 다몬을 오노에가 재빨리 제지한다.

"쉿, 기다려. 그걸 선언하는 건 내 역할이야."

"선언이라니?"

다몬과 미즈시마가 얼굴을 마주 본다.

오노에는 등을 곧게 펴고 엄숙하게 선언했다.

"커피 괴담에 잘 오셨습니다."

2

바람이 세차서 바깥 가로수의 잎사귀들이 격렬하게 흔들리는 것이 보였다.

"개회 선언인가?"

미즈시마가 빈정거리자 오노에는 싱긋 웃었다.

"덕분에 작품도 완성되었고, 지난번의 커피 괴담은

즉흥적인 발상이었지만, 좋은 계기가 되어 주었어."

본가가 있는 교토로 이주하여 문화청에서 위촉받은 작품을 작곡하고 있던 오노에는 작업이 정체 상태에 빠진 것을 느끼고, 친구 두 사람을 교토로 불러서 시내 찻집을 돌아다니며 번갈아 괴담을 이야기하는 모임을 갖기로 하고, 그 계획을 실행했던 것인데, 그 기획이 성과를 거둔 모양이다.

"그럼 오늘은 네가 내는 거야?"

뛰어난 외과의사지만 겉모습은 중년의 펑크 로커처럼 보이는 미즈시마가 말했다.

"아니, 기쁨은 다 함께 나누어야지."

오노에는 웃는 얼굴로 받았다.

"요즘 또 신곡을 준비하고 있냐?"

다몬이 묻자 오노에는 고개를 끄덕였다.

"응, 지금 작곡하고 있는 건 '게키반*'인데, 작업이 꽤 순조로워. 여기서 마침 할 일도 있었고, 또 그걸 다시 해 보고 싶어서."

"커피 괴담이 느닷없이 홍차 괴담이 된 거군."

"난 프렌치토스트를 먹을래."

오노에는 메뉴에 눈길을 떨어뜨렸다.

---

* 劇伴. '극중 반주 음악'의 약칭으로, 연극이나 영화, TV 드라마의 배경 음악을 말한다.

"넌 지난번 교토에서도 맨 처음에 프렌치토스트를 먹지 않았어?"

"좋아하니까."

"그때는 엄청 더운데 프렌치토스트 같은 걸 먹다니 하고 생각했지만, 이렇게 추우면 먹고 싶어지는 것도 당연해."

"그럼."

이리하여 세 사람은 모두 '프렌치토스트와 홍차' 세트를 주문했다. 과연 홍차 전문점답게, 많은 종류 중에서 원하는 것을 고를 수 있다.

"생크림은 오노에한테 줄게."

"그래, 잘 먹을게."

미즈시마는 단 음식이 질색이다.

간판 메뉴답게, 주문하자마자 바로 나왔다.

뜨거운 홍차와 프렌치토스트. 추울 때는 안성맞춤인 메뉴다.

괴담은 제쳐 놓고 한동안 말없이 먹는다. 중년 남자 셋이서 열심히 먹고 있는 광경은 좀 우스꽝스럽기도 하다.

미즈시마가 문득 무언가 생각난 듯 접시를 가만히 내려다보았다.

"왜 그래? 생크림 줘."

오노에가 미즈시마의 접시로 손을 뻗는다.

"이상한 게 생각났어."

"괴담이야?"

"그렇다고 말할 수도 있지."

"좋아. 그럼 개막하자. 오프닝은 미즈시마가 맡는 걸로."

오노에는 기쁜 듯이 두 손을 문질렀다.

"아니, 그게 정말로 기묘한 이야기야."

미즈시마는 이렇게 입을 열고 나서, 곤혹스러운 얼굴로 이야기하기 시작했다.

"일전에 지인의 부인이 죽었는데……."

"그거 정말 안됐군. 병으로?"

"그걸 몰라."

"모른다고?"

오노에와 다몬은 미즈시마의 얼굴을 바라보았다.

"아직 40대 초반이었고, 어디 아픈 데도 없이 완전한 건강체였어. 건강검진 결과도 지극히 양호했고. 그런데 남편이 아침에 나갔다가 밤에 돌아와 보니, 부인이 거실에 쓰러져 있고 벌써 숨이 끊어져 있었대. 괴로워한 흔적도 없고, 물론 강도나 무언가가 침입한 흔적도 없었지."

"뭐? 아니, 그럴 수도 있나?"

"외상도 없고, 겉으로는 사인을 알 수가 없어서 부검

까지 했지만, 그래도 사인을 모른다는 거야."

"심장이라든가 뇌라든가, 거기에 뭔가 원인이 있었던 게 아닐까?"

미즈시마는 고개를 저었다.

"아니, 심장도 뇌도 깨끗했어. 다른 장기도 모두 이상이 없었대. 그러니까 죽음에 이른 원인을 전혀 찾지 못했지. 그런데 죽은 거야."

"거참 정말 불가사의한 노릇이군."

"부검의도 고개를 갸웃거렸대. 정말로 '사인 불명'이야."

"슬슬 무서워지는데."

다몬은 오싹 소름이 돋는 것을 느꼈다.

왠지 모르게 주위를 둘러보게 된다.

적자색 카펫. 벽에 걸린 풍경화. 카운터에 붙박이로 제작한 둥근 의자. 놋쇠 난간. 그 모든 게 어쩐지 섬뜩해 보이기 시작한다.

오오, 이거야말로 괴담의 효과야. 눈에 보이는 모든 것에서 의미를 찾게 되지.

"그런데 케이크가 먹다 만 상태로 남아 있었대."

미즈시마가 말을 이었다.

"케이크라고?"

"그래. 부인은 죽기 직전까지 케이크를 먹고 있었던 모양이야. 탁자 위에 치즈케이크가 놓여 있었대. 그런데 케이크를 먹을 때, 보통은 가장자리부터 포크로 자르듯이 하면서 먹잖아?"

미즈시마는 손에 든 포크로 케이크를 자르는 시늉을 했다.

"그렇지."

"그런데 3분의 1쯤 먹고, 다음 조각을 자르려고 한 것처럼 포크를 치즈케이크 중간까지 꽂아 넣은 상태가 되어 있었대."

"식품 샘플 같은 상태가 되어 있었다는 거야?"

"나폴리탄*과 포크가 허공에 떠 있는 상태로군."

"농담하지 말고 진지하게 들어."

미즈시마가 쓴웃음을 짓고는 이야기를 계속했다.

"정말로 거기서 딱 정지한 상태였다는 거야. 접시도 포크도 흐트러진 데가 전혀 없었대. 예컨대 뭔가 발작이 일어나서 괴로워했다든가 하면 조금이라도 흐트러지는 게 당연하잖아? 그런데 그런 흐트러짐이 전혀 없었대. 그러니까 치즈케이크를 먹으려고 포크를 꽂아 넣은 바로 그 순간, 순식간에 숨이 끊어졌다고 생각할 수밖에는 없다는 거야."

"에에? 설마."

---

* 삶은 스파게티를 양파, 피망, 햄 등과 함께 토마토케첩으로 볶은 일본식 파스타 요리. 요코하마에서 처음 만들어졌다고 한다.

"케이크에 독이 들었나?"

"약물 반응은 없었대. 먹으면 순식간에 죽는 그런 독 같은 건 존재하지 않아. 독을 먹었다면 반드시 고통에 시달렸을 거야."

"그럼 본인도 자신이 죽는 것을 알아차리지 못했던 게 아닐까?"

"으음, 그렇게밖에는 생각할 수 없어. 극히 짧은 시간에 생명 활동이 갑자기 정지했다. 그렇게 생각할 수밖에 없는 거지."

오노에와 다몬은 '으흠' 하고 신음을 뱉으며 입을 다물었다.

확실히 기이하기 짝이 없는 이야기다.

갑자기 목숨이 끊어진다. 즉사라고, 한마디로 말하지만, 사고도 아닌데 즉사했다는 말은 들어 본 적이 없다. 본인은 그때 어떤 느낌이었을까? 방의 조명 스위치를 끈 듯한 느낌일까?

"너무 불가사의해서, 내 지인도 어떻게 반응해야 좋을지 모르는 것 같아."

"안됐군. 아무런 전조도 없이 별안간 그런 일을 당하다니."

"어떻게 반응해야 좋을지 모르는 것도 당연해."

"신생아가 갑자기 죽는다는 이야기는 들었지만, 어

른인데도 그런 일이 있군."

"나도 그런 이야기는 처음 들었어. 지금 이 접시를 보고 그 일이 생각난 거야."

"그렇구나. 과연 그럴 만도 해."

"초장부터 갑자기 무서워졌어."

밖에서 가로수가 흔들리고 있다.

추운 날씨에 괴담. 운치가 있는 것 같기도 하고, 없는 것 같기도 하다.

다몬은 흔들리는 나뭇잎을 뚫어지게 바라보았다.

3

"요코하마라면 얼마 전에 마라톤 대회가 있었지."

오노에가 이야기하기 시작했다.

두 번째 '커피 괴담'이라서 그런지, 왠지 모르게 벌써 패턴이 생긴 듯한 기분이 든다. 즉 찻집을 순례하면서 번갈아 괴담을 이야기하는데, 기본적으로 한 가게에서 한 명의 화자가 하나의 에피소드를 이야기하고, 다음 괴담은 다른 가게로 자리를 옮긴 뒤에 하는 식이다.

그래서 하나의 에피소드가 끝나면, 그 가게에 있는 동안은 더 이상 괴담이 아니라 잡다한 화제를 이야기한다. 암묵적으로 그런 양해가 이루어져 있는 것이다.

처음 들어간 찻집에서 잠시 잡담을 나눈 뒤, 세 사람은 다시 바샤미치로 돌아가 다음 가게로 향했다. 역시 바람이 차가웠기 때문에 걸음이 빨라진다.

목적지는 가까웠다.

바샤미치 거리에서 조금 들어간 곳에 있는 찻집, 다몬도 이름을 들어 본 적이 있는 오래된 가게다.

입구에는 바샤미치라는 이름의 유래가 되기도 한 장소가 남아 있었다. 옛날에 말을 묶어 놓고 물을 마시게 한 곳이다.

가게 안은 천장이 높고, 반원형 스테인드글라스가 끼워져 있다. 정말로 복고적인 느낌이 가득하다.

"위층은 영국식 펍으로 꾸며져 있는 모양이야."

"거기서 기네스*를 마셔도 좋은데."

평일 낮이다. 단골로 보이는 손님이 대부분이고, 한눈에 관광객이라는 것을 알 수 있는 손님은 없었다. 쉬는 시간인지, 유니폼 차림의 직장 여성도 있다.

세 사람은 여기서 오늘의 첫 커피를 마셨다.

다몬은 계피를 탄 커피라는 것을 주문해 보았다. 어릴 때는 계피가 질색이었지만, 어느새 좋아하게 되었다.

그런 생각을 하고 있을 때 오노에가 갑자기 마라톤

---

* 아일랜드에서 생산되는 흑맥주 브랜드

이야기를 꺼낸 것이다.

"뭐라더라. 정규 거리보다 180미터인지 몇 미터인지가 부족했다던가?"

"그래, 맞아. 그건 마라톤 주자에게는 끔찍한 악몽인 모양이야. 내가 아는 사람도 그 대회에 나갔는데, 정말로 달리기에 열심인 녀석이지. 거기서 모처럼 좋은 기록이 나왔지만, 그게 공식 기록으로 인정받지 못했으니까."

"그건 무섭군. 괴담이야."

미즈시마가 몸서리를 쳤다.

"42킬로나 힘겹게 달려와서 겨우 테이프를 끊고 '해냈다'고 생각했는데, 주최측 사람이 와서, 거리 측정을 잘못했습니다! 다시 한번 뛰어 주세요."

"세상에!"

셋이 비명을 지른다. '도로아미타불'이라는 말이 절로 떠오른다.

"마라톤 코스는 어떻게 측정하는 거야?"

"지도로 측정하지 않을까?"

"코스를 어떻게 잡느냐에 따라 거리도 꽤 달라지겠군."

"그것도 테크닉의 하나겠지."

"아아, 그래. 마라톤 이야기를 하다 보니 다른 이야기가 생각났어."

오노에가 고개를 든다.

"괴담이야?"

"방금 한 이야기도 괴담이잖아."

"글쎄, 이게 괴담인지 어떤지는 잘 모르겠어."

오노에는 목을 한 바퀴 돌렸다.

"어디 들어 볼까?"

미즈시마가 가슴을 편다.

"아니, 괴담은 아니야. 그래도 괜찮겠어?"

오노에는 자문자답한 뒤, 카푸치노를 홀짝였다.

"요즘 정말로 마라톤 인구가 늘어나고 있어. 아니, 나는 달리지 않지만, 주위에 달리는 사람이 꽤 있거든."

"응, 내 주위에도 있어. 그건 정말 중독이야. 달리기 중독. 너무 달려서 피로 골절을 일으킨 사람도 몇 명이나 돼."

"러너스 하이[*]라는 건가?"

"아니, 그게 아니라 정말로 중독이 된 게 아닐까?"

"스포츠는 몸에 안 좋은데."

미즈시마가 쓴웃음을 짓는다.

"그런데 내 친구가 여느 때와 같은 코스를 달리고 있었대."

---

[*] runner's high. 장거리 달리기 중에 느껴지는 도취감이나 행복감을 말한다.

오노에는 다시 이야기를 시작했다.

"어디?"

"다마가와* 강변."

"그래서?"

"그때 내 친구 앞에서 달리고 있는 사람이 있었대. 마침 좋은 페이스메이커여서, 일정한 거리를 유지하면서 따라가기로 하고 조금 거리를 좁혔대."

"흐음."

"그랬더니 앞에서 달리고 있는 사람의 어깨 위에 얼굴이 있는 게 보이더래."

"얼굴?"

"응. 내 친구는 앞에서 달리는 사람의 등을 보면서 달리고 있는데, 그 사람의 왼쪽 어깨 너머에 고개를 돌려 이쪽을 바라보는 얼굴이 있었다는 거야."

다몬은 저도 모르게 몸을 뒤로 뺐다.

"무슨 소리야? 그 사람은 앞으로 달리고 있는 거잖아?"

"응, 상당히 빠른 속도로 달리고 있었대."

"무서워."

미즈시마와 다몬은 저도 모르게 몸서리를 쳤다.

"내 친구도 자기가 보고 있는 게 점점 무서워졌지.

---

* 多摩川. 야마나시현 가사토리산에서 도쿄도와 가나가와현을 흘러 도쿄만으로 이어지는 하천.

어깨 너머에 있는 그 얼굴은 두 눈을 부릅뜬 채, 뒤에서 달리는 내 친구를 뚫어지게 노려보고 있었대."

"그거 뭐야? 유령이야?"

"몇 번이나 눈을 껌벅이거나 고개를 저어 보았지만, 앞쪽을 보면 여전히 두 눈이 이쪽을 노려보고 있더래. 내 친구는 점점 패닉 상태에 빠졌지. 도대체 내가 뭘 보고 있나 하고. 무서운데, 도저히 눈을 뗄 수가 없는 거야. 식은땀이 줄줄 흐르고, 심장이 두근거리고. 달리는 걸 그만두면 되지만, 어쩐지 발을 멈출 수가 없었대."

오노에는 효과를 노리고 있는지, 목소리를 낮추었다.

미즈시마와 다몬은 마른침을 삼키며 열심히 듣고 있었다.

"그러다가……."

"그러다가?"

"앞에서 달리고 있던 사람이 갑자기 속도를 줄이더니 멈춰 섰대."

"오오."

"아무래도 다리에 쥐가 났는지, 종아리를 손으로 누르면서 허리를 숙이고 있더래. 뒤에서 달리고 있던 내 친구는 아직 걸음을 멈추지 못하고, 패닉 상태에 빠진 채 조금씩 그 남자에게 다가갔지."

"그래서?"

"그랬더니, 그 남자 등에 팔짝하고 올라탄 얼굴이 있었대."

"에에?"

"커다란 올빼미였대."

"뭐?"

"쇠부엉이인지 수리부엉이인지, 정식 이름은 모르지만, 그 사람은 자기 애완동물인 올빼미를 가슴에 앉히고 달리기를 하고 있었던 거야."

"올빼미~?"

미즈시마와 다몬은 입을 모아 외쳤다.

"말했잖아. 괴담이 아닐지도 모른다고."

오노에는 새침한 얼굴로 카푸치노를 홀짝였다.

"그 사람은 도대체 무슨 생각으로 그런 거야. 올빼미를 데리고 달리기를 하다니."

"개를 데리고 달리는 사람도 있는데, 올빼미를 데리고 달려도 좋잖아?"

"아, 그런가? 올빼미는 목이 완전히 180도로 돌아가니까, 뒤를 정면으로 돌아볼 수도 있다는 거군."

"그래. 올빼미가 그 커다란 눈으로 노려볼 때는 너무 무서워서, 살아 있다는 기분도 나지 않더래."

"유령인 줄 알았겠지."

"괴담은 아닐지도 모르지만, 왠지 으스스한 이야기

야. 동물과 눈이 마주치면 꽤 무서워."

"전에도 말했지만, 유령이든 뭐든, 스피드가 수반되면 공포는 두 배로 강해져."

미즈시마가 말하고는 목소리를 낮추며 물었다.

"그런 의미에서, 달리기라는 것도 왠지 무섭지 않아?"

"응. 혼자뿐이고. 달릴 때는 너무 고독하잖아."

다몬도 동의했다. 그리고 이번에는 그가 생각해 냈다.

"그러고 보니 고쿄* 주위를 달리는 코스가 완전히 자리를 잡았는데, 밤중에 달리면 유령을 만나는 순간이 있대."

"고쿄? 거기라면 유령이 나올 만도 하지."

오노에는 팔짱을 꼈다.

"애당초 왕족이 사는 곳 주위를 빙빙 도는 건 도대체 뭐야? 예컨대 기둥 주위를 도는 건 신을 만나는 행위잖아? 그런데 고쿄 주위를 돌면 누구를 만날 수 있지?"

"지금은 도는 방향이 정해져 있잖아. 거꾸로 돌면 어떻게 될까. 경비대가 저지하나?"

미즈시마가 말하고는 다몬의 얼굴을 바라본다.

"시코쿠 순례길**을 거꾸로 도는 것과 같은 효과가

---

* 皇居. 도쿄도 치요다구 중심에 있는 궁궐로, 일왕 일가가 거주하는 곳이다.
** 시코쿠섬에 있는 88개 사찰을 순례하며 섬을 일주하는 길이다.

있다거나."

"그런데 고쿄 주위에 나타나는 유령은 또 뭐야?"

오노에가 말하자, 다몬은 기억을 더듬는 것처럼 턱을 문질렀다.

"자주 듣는 이야기는 뒤에서 발소리가 따라오지만 뒤돌아보면 아무도 없다는 거야. 또는 그 발소리가 운동화를 신고 달리는 소리가 아니라 군화를 신고 행진하는 소리라든가."

"좋군, 그게 기본이지."

오노에가 왠지 만족스럽게 고개를 끄덕인다.

"미야케자카*라면, 거기서 2·26 사건도 있었고……."

"러너 유령도 있는 모양이야. 유달리 지기 싫어하는 유령인 듯, 어느 정도 빨리 달리는 사람 앞에만 나타난대."

"그러면, 어떤 의미에서는 그 유령을 만나는 게 자랑이잖아?"

"아하하, 그럴지도 모르지."

다몬은 웃었다.

---

* 三宅坂. 황궁 서남쪽 언덕진 일대. '2·26 사건'은 1936년 2월 26일 일본 육군의 청년 장교들이 일으킨 반란 사건으로, 이들은 초반에 미야케자카에 있는 육군성을 점거하여 기세를 올렸으나 결국은 실패했다.

"하지만 그런 식으로 유령이 나타나는 건 싫어. 빠른 속도로 달리고 있는데, 뒤에서 유령이 착착 쫓아와서 눈 깜짝할 사이에 등 뒤에 바싹 다가오다니."

"정말 싫어."

"그러다가 갑자기 뒤에 찰싹 달라붙는대."

"뭐?"

"무릎 뒤 오금에 유령의 무릎이 들러붙어서 이른바 무릎 꺾기 상태가 되는 거지. 그런 다음 등에 유령의 가슴이 찰싹 달라붙고, 목덜미에 유령의 숨결이 느껴지고, 정말로 뒤에 유령이 찰싹 붙어서 둘이 겹쳐진 상태로 함께 달리는 거야. 가슴팍이라든가 넓적다리라든가, 그런 부위에 근육이 울퉁불퉁 튀어나와 있을 만큼 근골이 늠름한 녀석인 모양이야."

"우와아, 그건 너무 싫어!"

미즈시마와 오노에가 비명을 지르고는 당황하여 주위를 둘러보았다.

하지만 단골손님들은 나잇살이나 먹은 주제에 평일 대낮부터 괴담을 나누며 흥겨워하는 세 사람에게 상관하지 않고 그들의 일상을 보내고 있었다.

우리가 가장 관광객답다는 거로군.

다몬은, 한기를 느꼈는지 팔을 문지르고 있는 두 친구를 바라보다가, 천장 근처에 있는 스테인드글라스를 쳐다보았다.

 스테인드글라스라는 것도 왠지 모르게 무서운걸. 색을 넣은 유리이기 때문일까. 교회에서 쓰이고 있다는 연상 때문일까. 애당초 유리 너머로 본다는 행위가 어딘지 모르게 무서운지도 모른다.

 다몬은 문득 창밖을 보았다.

 역시 오늘은 바람이 세차다.

 흔들리는 것은 없지만, 차가운 바람이 느껴진다.

 그리고 왠지 모르지만, 눈 깜짝할 사이에 빠른 속도로 달려가는, 근골이 늠름한 심야의 러너를 목격한 듯한 기분이 들었다.

4

 해가 기울수록 바람은 점점 더 강해지고, 체감온도는 더욱 내려간다.

 사실은 호텔에 체크인하기 전에 찻집을 한 군데 더 들를 예정이었지만, 너무 추워서 빨리 호텔에 들어가는 게 좋겠다는 이야기가 나왔다.

 눈 깜짝할 사이에 해가 지고, 찬 바람이 휘몰아치는 초겨울 저녁이 되었다.

 오늘 밤의 숙소는 요코하마라는 지명과 세트로 언

급되는 호텔, 일본의 클래식 호텔*의 역사에서도 유서 깊은 지위를 차지하고 있는 호텔이다.

바닷가의 일급지. 고층 건물인 신관과 나란히 직사각형의 묵직한 석조 건물이 펼쳐져 있는 것이 어스름 속에서도 더한층 존재감을 발산하고 있다. 그리고 그 너머에 탁 트인 바다가 있는 기척이 느껴진다.

호텔 안으로 들어가자마자 다몬은 불쾌한 공기를 느꼈다.

역사와 전통의 무게. 또는 봉쇄된 과거, 축적된 인습의 냄새. 그런 것이다.

"어떻게 할까? 체크인부터 할까?"

미즈시마가 오노에를 보았다. 오노에는 고개를 젓는다.

"체크인하면 야간 쪽으로 넘어가게 되잖아. 호텔 안에서 한 군데 더 가자."

"어디로 갈까? 라운지?"

"아니, 모처럼 이런 진짜배기 호텔에 왔으니까, 이곳 바에 가는 건 어때?"

"커피 괴담인데?"

---

* 일본에서 제2차 세계대전 이전에 개업하여 현재까지 그 건물(원형)을 유지한 채 영업을 계속하고 있는 호텔. 일본 전역에 아홉 곳이 있으며, 요코하마에는 '호텔 뉴 그랜드'가 있다.

"아이리시커피*라도 마셔."

소곤소곤 이야기를 나누면서 어두컴컴한 복도를 지나 호텔 바로 향한다.

배치가 이상야릇한 가게였다. 폭이 좁고 길쭉한 L자형. 길이가 짧은 쪽이 카운터로 되어 있고, 긴 쪽에는 복도를 따라 테이블이 늘어서 있다. 어딘지 모르게 움막 같은 느낌이 나고, 천장도 낮았다.

세 사람은 구석진 자리로 안내되었다.

"차분하다고 해야 하나. 뭐라고 해야 할까?"

"폐소공포증이 있는 사람은 괴로울지도 몰라."

"확실히 그래."

아이리시커피를 주문한 사람은 없었고, 셋 다 위스키를 '온더록스'로 주문했다.

이곳에 도착할 때까지 몸이 꽁꽁 얼어 버렸기 때문에, 빨리 술로 몸을 덥히자고 생각한 것은 모두 똑같은 모양이다.

다몬은 침착하지 못하게, 복도에 면한 창문이며 어두운 천장을 차례로 바라보았다. 어디가 어떻다는 건 아니지만, 그림자가 마음에 걸린다.

"왜 그래, 다몬? 안절부절못하고."

* 블랙커피에 뜨거운 위스키를 넣고 생크림을 얹은 칵테일 음료.

"이런 데는 딱 질색이야. 역사적 건조물은 특히 더 그래."

"그야 그렇겠지. 여기는 유령이 나오기로 유명한 호텔이니까."

오노에가 어딘지 모르게 흡족한 표정으로 고개를 끄덕였다.

"그래?"

다몬은 무심코 되묻는다.

"응. 오래된 호텔이니까 당연하지."

"당연하다고 해도……."

미즈시마는 쓴웃음을 짓더니, 뭔가 생각난 듯이 등을 곧게 폈다.

"그럼, 호텔과 관련된 이야기를 할게."

"아, 좋아, 좋아. 호텔 바에서 하는 호텔 괴담."

오노에가 두 손을 맞잡는다.

"호텔은 호텔이라도, 일본 여관이야."

"어느 여관?"

"군마현의 유명한 온천지에 있는 여관이라는 것밖에 듣지 못했어. 내 친구가 회사 동료들과 함께 여섯 명이 온천 여행을 떠났는데, 남녀 각각 세 명씩이었기 때문에 오래된 여관에 방 두 개를 잡고, 한쪽 방에 모여서 술을 마신 거야."

미즈시마는 위스키를 한 모금 마셨다. 그러고는 이야기를 계속한다.

"그 사람들 중에 이른바 영감이 센 여자가 하나 있었는데, 그 여자가 '이 방에는 뭔가가 있다'면서 계속 불안해하고 있었대. 하지만 다른 사람들은 전혀 신경 쓰지 않았지. 자, 여기까지는 약속대로야."

짤그랑, 하고 술잔 속 얼음이 소리를 낸다.

"그래서 그대로 와글와글 떠들면서 회식을 계속하고 있었는데, 갑자기 그 여자가 손목에 차고 있던 염주 같은 것—색깔을 넣은 수정 구슬 같은 게 연결되어 있는 팔찌야. 파워 스톤*인가 뭔가 하는 건데, 요즘 유행하고 있는 모양이야. 그런데 그 팔찌가 툭 하는 소리를 내면서 실이 끊어지고 구슬이 사방으로 튀어서 흩어졌대."

그 정경이 눈앞에 떠오른다. 다다미 위에 흩어지는 구슬.

"모두 깜짝 놀라서 그 여자를 바라보았지. 그 여자도 깜짝 놀라고 있었어."

---

* 1970년대에 히피들이 수정이나 루비 같은 광물에 신비한 힘이 깃들어 있다고 믿고 몸에 지니고 다녔다. 1980년대에 히피 문화가 일본에 수입되면서 이런 오컬티즘이 확산되었는데, 그런 돌을 '파워 스톤(power stone)'이라고 부른다.

그때까지 시시한 이야기를 하면서 큰 소리로 웃고 있던 사람들이 모인 여관방에 갑자기 생긴 공백처럼 내려앉는 침묵.

"그때 모두 동시에 이상한 낌새를 느꼈대. 그런데 무엇 때문인지, 그 여자 옆에 앉아 있던 또 다른 여자에게 갑자기 모든 사람의 시선이 쏠린 거야. 그랬더니 그 여자의 얼굴이 묘하게 일그러지기 시작했대."

"일그러져? 얼굴이? 어떤 식으로?"

오노에가 낮은 목소리로 묻는다.

"그게 말이야, 얼굴이 이렇게 있잖아."

미즈시마는 합장하듯이 코앞에 두 손바닥을 세웠다.

"얼굴 한가운데에서 이쪽 절반만 맥없이 일그러지고, 위아래로 쭈욱 잡아 늘인 것처럼 길게 늘어났대. 엿을 잡아 늘여서 세공품을 만들고 있는 것처럼. 그런데 나머지 절반은 전혀 변하지 않은 채 그대로 남아 있었대."

"으악."

다몬과 오노에는 저도 모르게 몸을 뒤로 뺐다.

"그 여자를 제외하고는 모두 그것을 목격했어. 그래서 모두 으악, 하고 비명을 지르며 허둥지둥 그 방에서 도망쳐 나갔대."

"그러면 얼굴이 일그러진 여자는 그 상황을 파악하고 있었어?"

"아니, 본인은 전혀 아무것도 느끼지 못한 모양이야. 다른 사람들이 모두 자기 얼굴을 보고 새파래진 것은 알았지만, 그 이유는 몰랐대."

"모두 목격했다는 게 무섭군."

"그렇지? 그 뒤에는 다른 방에 모여서, 결국 그 방에서 모두 함께 잠을 잤대."

"그 여자는 아무렇지도 않았어?"

"응. 괴이한 일은 그것뿐이었어."

"결말이 없어서 더 기분이 이상한데."

"그런 걸 뭐라고 할까. 물리 현상? 하지만 얼굴이 일그러진 당사자가 아무것도 느끼지 못했다면, 집단 환상 같은 건가?"

다몬이 고개를 갸웃거린다.

"글쎄. 하지만 어떤 것을 보았는지 나중에 서로 확인한 모양이니까, 설령 집단 환상이라 해도 모두 동시에 같은 이미지를 목격한 건 사실이야."

"너무 싫어. 그런 이야기를 듣고 이렇게 오래된 호텔에 묵다니."

다몬은 다시 주위를 둘러보았다. 램프의 그림자나 젖빛 유리를 끼운 창문이 대단한 의미가 있는 것처럼 보인다.

오노에가 기쁜 듯이 몸을 내밀었다.

"나는 이 호텔에 지금까지 몇 번 묵었는데, 그래도 역시 무서워."

그러자 미즈시마가 묻는다.

"뭔가가 나왔어?"

"나온 건 아니지만 낌새를 느껴. 호텔 옷장은 문을 열면 불이 켜지도록 되어 있잖아."

"그래."

"여기는 방에 따라 다른지도 모르지만, 내가 묵은 방은 옷장 문이 젖빛 유리로 되어 있어."

"아아, 싫어."

"그래. 유리 너머로 재킷이나 목욕 가운이 어렴풋이 보이는 거야. 그게 왠지 누군가가 옷장 속에 서 있는 것처럼 느껴져."

"옷장 속의 유령이라니. 제발 좀 그만해."

"그런데 옷장 미닫이문이 너무 잘 미끄러져서, 문을 닫으면 그 기세 때문에 또 조금 열리는 거야. 그러면 어떻게 될 것 같냐?"

"옷장 안에 불이 켜지나?"

"맞아. 그래서 잠깐 눈을 떼고 있어도 문득 정신이 들면 또 옷장 속이 환해져 있어서 흠칫 놀라게 되지. 옷장 속에 누군가가 서 있고."

"그만해."

미즈시마가 싫은 표정을 지었다.

다몬은 비명을 질렀다.

"정말 그만해. 구로다가 오지 않으면 나는 오늘 밤 혼자 방을 써야 해."

"우리 방으로 오면 되잖아?"

오노에가 싱글싱글 웃으면서 말했다. 정말 이 녀석은 남이 무서워하는 것을 보고 기뻐하는 사디스트가 분명하다. 아니, 본인도 무서워하고 싶은 모양이니까, 마조히스트도 겸하고 있는지 모른다.

"다몬, 너는 외국에도 오래 살았고 여기저기 많이 돌아다녔으니까, 호텔과 관련해서 뭔가 무서운 이야기 없냐?"

미즈시마가 다몬의 얼굴을 바라본다.

그 말을 듣고 생각해 보지만, 잡다한 경치는 가물가물 떠올라도 구체적인 에피소드는 생각나지 않는다.

"기억력이 별로여서 말이야. 그때 당시에는 이상하다고 생각해도 금방 잊어버리고."

"너답다."

"그런 의미에서는 뭐든지 기억하는 사람이 무서워. 이따금 동창회 같은 데서 초등학교나 중학교 친구를 만나면, 당시의 일을 아주 자세하게 기억하고 있는 경우가 있잖아? 다른 사람은 전혀 기억하지 못하는데 그 친구만 아주 세세한 데까지 정확하게 기억하고 있는 거야. 그런 게 무서워."

"응, 무슨 말인지 알겠어."

오노에가 고개를 끄덕였다.

"술자리에 술을 한 모금도 마시지 않은 멀쩡한 얼굴이 하나 섞여 있는 것 같겠군. 실은 내가 그렇게 기억을 잘하는 타입인데, 내 입장에서는 다른 사람들이 모두 아무것도 기억하지 못하는 데 놀라서 어안이 벙벙해지는 일이 자주 있어. 옛날 일을 용케도 그렇게 깨끗이 잊을 수 있구나 하고 말이야."

"그래, 그래. 때로는 어린 시절과 성인 시절이 전혀 연결되어 있지 않은 놈이 있지."

미즈시마도 덧붙여 말했다

"그건 도대체 뭘까. 전선이 끊겨 있다는 건가? 겉모습도 완전히 달라져서, 학교에 다닐 때와는 분명 딴사람처럼 변한 아이가 반에 한두 명은 꼭 있잖아"

"실제로 딴사람이 되어 버린 건 아닐까? 본인이 원해서 그렇게 되었는지도 모르고."

"아니, 그것과는 또 달라. 어린 시절의 자신이 싫어서 노력하여 변한 게 아니라, 분명 단절이 있어."

오렌지와 레몬—

문득, 다몬의 머리에 또 그 구절이 떠올랐다.

무엇 때문일까. 『마더 구스』*의 한 구절이라는 건 기억하고 있지만, 그것이 처음 머리에 떠오른 것은 사쿠라기초역을 나와서 걷고 있을 때였다.

오렌지와 레몬—

어떤 기억과 연결되었는지 생각해 보았지만, 어쨌든 '건망증이 심한' 인간이라고, 지금도 자기 스스로 인정했다. 지금까지 생각해 보긴 했지만, 머리에 떠오를 낌새가 전혀 없어서 다몬은 생각해 내기를 곧 체념했다.

5

나중에 합류할 예정인 구로다가 늦어질지도 모른다고 해서, 저녁 식사는 호텔 안에 있는 프랑스 레스토랑에서 하기로 했다. 일단 바에서 나와 체크인을 했는데, 방에 들어간 다몬은 오노에의 말대로 옷장 문이 젖빛 유리로 되어 있는 것을 발견하고는 저도 모르게 얼굴을 찌푸렸다. 오노에가 무슨 말을 하고 싶어 하는지 잘 알았기 때문이다.

방의 조명은 고상하고 세련되었다. 요컨대 주로 간

---

* '마더 구스(어미 거위)'라는 이름의 전설적인 저자(매부리코에 주걱턱을 가지고 있고, 숄을 걸친 채 거위를 타고 다니는 노파로 묘사된다)가 짓고 수집한 것으로 알려진 전래 동요집.

접 조명이어서 좀 어둡다는 것이다.

그런 방의 벽에 있는 옷장. 울퉁불퉁한 젖빛 유리 너머로 옷장 안에 걸려 있는 옷이 어렴풋이 떠올라 있어서 야릇한 존재감을 발산하고 있다.

옷장 문을 조금 세게 열자, 옷장 안이 확 밝아진다.

입고 있던 가죽 코트를 옷걸이에 걸고 문을 닫자, 확실히 그곳에는 무언가 거무스름한 덩어리 같은 것이 보여서, 마치 누군가가 거기에 서 있는 듯한 기분이 드는 것도 충분히 이해가 간다.

왠지 기분이 찜찜하군. 문을 열어 둘까.

그런데 그렇게 하면 옷장 안에 불이 계속 켜져 있게 된다.

하지만 센서가 반응하는 것은 기껏해야 몇 초뿐이니까, 문을 연 채로 놔두면 오래지 않아 불은 꺼질 거야.

그렇게 생각하고 문을 열어 두자, 실제로 몇 초 뒤에 불이 꺼졌다. 그러자 이번에는 문이 계속 열려 있는 게 마음에 걸린다.

이런, 참.

결국 문을 닫고, 되도록 그쪽을 보지 않으려고 애쓰면서 방을 나선다.

셋이 레스토랑에서 오랫동안 천천히 먹고 마시며 지루하게 시간을 보내고 있었지만, 결국 구로다한테서

'지금 간다'는 연락이 들어온 것은 레스토랑이 문을 닫는 시간까지 30분도 채 안 남았을 때였다.

여기서는 구로다와 합류할 수 없기 때문에, 먹다 남은 와인과 치즈를 방으로 가져가서 거기서 계속 마시면서 구로다를 기다리기로 하고, 오노에와 미즈시마의 방으로 이동했다.

"구로다는 밥을 먹었을까?"

"가볍게 끝냈다고 말하긴 했지만, 샌드위치라도 룸서비스로 주문해 둘까?"

"그러자. 요코하마의 호텔까지 와서 편의점 도시락으로 때우면 딱하지."

오노에는 침대 옆 탁자에 놓인 전화의 수화기를 들어 올렸다.

6

구로다는 11시가 다 되어, 비 냄새를 풍기며 들어왔다.

"비가 내리고 있냐?"

오노에가 약간 취한 눈으로 묻는다.

"찬비야. 올겨울 들어 처음 내리는 비."

구로다는 어깨에서 빗방울을 털어 낸다.

희미하게 풍기는 냉기. 마치 그가 겨울을 데려온 것

같았다.

"코트는?"

다몬이 셔츠 차림의 구로다를 보고 묻는다.

구로다는 턱으로 뒤쪽을 가리켰다.

"열쇠를 또 하나 받았기 때문에, 코트는 저쪽 방에 걸어 두고 왔어."

"안색이 안 좋아 보여. 많이 바빠?"

미즈시마가 말하자 구로다는 어깨를 으쓱했다.

"여전해."

오랜만에 만났는데, 구로다는 확실히 기억 속의 모습보다 볼이 홀쭉해지고, 어딘지 모르게 살기를 띠고 있었다. 일할 때의 공기가 아직 몸에서 빠져나가지 않은 듯하다. 검사인 그는 여기 있는 네 사람 중에서 가장 바쁜 것 같았다.

풀 먹인 하얀 셔츠를 입고 있는 것도 여전하다. 언제나 말쑥한 모습이고, 하얀 셔츠에 집착하는 것도 한결같다.

"샌드위치를 시켜 두었으니까 어서 먹어."

오노에는 종이 냅킨을 씌워 둔 탁자 위의 접시를 눈으로 가리켰다.

"고마워."

구로다는 중얼거리다가 갑자기 입을 다물고 벽으로

눈길을 돌렸다.

아니, 그가 바라본 것은 벽이 아니라 옷장이었다.

그 젖빛 유리로 되어 있는 옷장 문. 옷장 안에 오노에와 미즈시마의 코트가 걸려 있는 것이 보인다.

"왜 그래?"

오노에가 물었다.

구로다의 시선에 어딘지 모르게 기묘한 것이 있었기 때문이다.

"아니, 아무것도 아니야."

"옷장 안에 누가 있다고는 말하지 마."

미즈시마가 선수를 쳤다.

"아니, 그게 아니라……."

구로다는 말하려다 말고 입을 다물더니, 침대에 앉아 와인 잔을 손에 들고, 그 술잔에 다몬이 붉은 와인을 따르는 것을 바라보았다.

"고마워."

모두 술잔을 마주친다.

"오늘 괴담은 어땠어?"

구로다가 세 사람을 둘러본다.

"조금씩 띄엄띄엄했어. 너무 추워서 한 군데 줄여 버렸지."

"오늘은 정말 춥군."

"내일은 좀 느긋하게 할 수 있을까?"

"오전까지는 함께 지낼 수 있을 거야."

"바쁜 모양인데, 미안해."

"아니야. 지난번에 참가하지 못해서 이번에는 꼭 오고 싶었어."

구로다는 와인을 한 모금 마시고 가볍게 한숨을 내쉬었다.

"아이고, 이제야 겨우 일에서 벗어난 것 같군."

구로다는 중얼거리면서 어깨를 돌린다.

다몬은 공감하며 구로다를 바라보았다.

그 기분을 이해한다. 급한 일에 쫓기고 있으면 좀처럼 기분 전환을 할 수 없다.

겨우 긴장을 푼 구로다는 친구들과 한동안 담소를 나누고 있었지만, 갑자기 흠칫 놀란 듯이 등을 곧게 펴고 뒤를 돌아보았다.

마치 누군가가 그를 부른 것처럼. 게다가 옷장 쪽을 향해.

모두 대화를 멈추고 구로다를 뚫어지게 바라보았다.

구로다는 와인 잔을 탁자 위에 탁 내려놓더니, 벌떡 일어나 옷장 쪽으로 천천히 걸어갔다.

나머지 세 사람은 서로 얼굴을 마주 본 뒤, 구로다를 지켜본다.

그러자 구로다는 옷장 문을 활짝 열고 손을 멈추었다.

옷장 안의 불이 탁 켜진다.

구로다는 옷장 안을 들여다본 채 움직이지 않는다.

방 안은 쥐죽은 듯 조용해져 있었다.

이제 모두 움직임을 멈추고, 구로다의 등을 바라보고 있었다. 간접 조명으로 은은한 분위기를 띠고 있는 방. 곧 자정이 되려 하고 있다. 탁자 위에는 먹다 남은 샌드위치, 절반 가까이 남아 있는 와인병. 어두컴컴한 호텔 방에서 남자 넷이 침묵에 잠겨 있다.

구로다의 하얗고 넓은 등은 여전히 움직이지 않는다.

다몬은 이게 무슨 상황인지 파악하기가 어려웠다.

뭔가 이상한 공기가 흐르고 있는 것만은 분명한데—어떻게 된 거지?

"이봐, 구로다. 왜 그래?"

미즈시마가 쉰 목소리로 말을 걸었다. 평정을 가장하고 있지만, 이상을 눈치채고 있는 것은 그 음색에서 짐작할 수 있다.

그러자 구로다는 그 질문에는 대답하지 않고, 천천히 앞으로 쓰러지듯, 옷장에 걸린 오노에와 미즈시마의 코트 사이로 머리를 처박았다.

"구로다."

미즈시마가 엉거주춤 일어선다.

"……이렇게 해서."

구로다의 분명치 않은 목소리가 들렸다. 코트와 코트 사이에서 낮은 목소리가 들려온다.

"이렇게 해서 죽은 거야."

"뭐라고?"

"여기에 벨트를 묶고……."

구로다의 왼손 검지손가락이 옷걸이가 걸려 있는 가로대에서 휙휙 움직이고 있었다.

"목을 넣고, 앞으로 고꾸라져서, 이렇게 목을 졸라맸어."

"구로다!"

미즈시마가 외치면서 몇 걸음 다가가더니, 구로다의 어깨를 움켜잡고 잡아당긴다.

"이렇게 해서 죽었어."

구로다가 이쪽을 돌아보았다.

볼이 홀쭉해진 검푸른 얼굴이 획 하고 이쪽을 향했지만, 그 시선은 친구들을 지나쳐 어딘가 먼 곳을 보고 있다.

"목을 벨트에 걸고 옷장 속으로 쓰러졌어."

구로다는 목에 손을 대는 시늉을 한다. 힘을 준 그 손가락이 어색하게 움직이고, 손등에 푸르스름한 핏줄이 떠올라 있었다.

"진정해, 구로다."

구로다의 몸 전체가 실룩실룩 경련을 일으키고 있었다. 마치 목을 맨 사람이 죽을 때 경련하는 것 같기도 하고, 약간 우스꽝스러운 움직임이어서 저속도로 촬영한 애니메이션 같기도 하다.

그런데 다음 순간, 구로다의 얼굴이 맥없이 일그러졌다.

"히익."

오노에와 다몬은 가만히 앉아 있지 못하고 벌떡 일어선다. 탁자 위의 술병이 흔들렸다.

구로다의 얼굴과 목이 천천히 늘어나기 시작했다.

위턱과 아래턱이 순식간에 벌어진다. 그 사이에 있는 것은 암흑이다. 입술이 고무줄처럼 늘어났다. 목이 주욱 길어지고, 울대뼈가 올라간다.

구로다의 얼굴이 1미터 정도로 늘어나, 정수리가 금방이라도 천장에 닿을 것 같았다.

"우와아."

"이 방에서 나가, 나가."

오노에가 뒤집힌 목소리로 외쳤다.

다몬은 황급히 출입문을 향해 달려갔다.

―눈이 번쩍 뜨였다.

침대 안에 있는 것을 깨달았지만, 다몬은 순간 자기가 어디에 있는지 알지 못했다. 하지만 옆 침대에서 구로다가 약간 입을 벌리고 낮게 코를 고는 소리가 들려왔기 때문에, 자기가 요코하마의 호텔에 있다는 것을 생각해 낸다.

아직도 가슴이 두근거리고 있었다.

왠지 불편하게 엎드린 자세를 취하고 있음을 깨닫고, 천천히 몸을 돌려 반듯이 천장을 보고 눕는다.

큰 한숨이 새어 나와, 다몬은 어둠 속에서 혼자 쓴웃음을 지었다.

이거야 정말. 얼마나 뻔한 꿈인가. 어제 들은 이런저런 괴담들이 짜깁기되어 그런 식으로 되다니. 게다가 너무 생생해. 엄청난 현장감이 있었어.

깊이 잠들어 있는 구로다를 바라본다.

분명히 그는 어젯밤 11시가 다 되었을 때 와서, 모두 함께 와인을 마셨다. 하지만 계속된 야근으로 지쳐 있었고, 게다가 마음에 걸리는 일이 있는지 별로 오래 마시지는 못했다. 금세 취해서, 함께 방으로 돌아왔다.

침대 옆 탁자에 놓여 있는 시계를 보니, 오전 5시가 지나고 있었다. 밖은 아직 어둡다.

갈증을 느끼고 다몬은 부스스 일어났다.

"다몬?"

구로다가 눈을 비비며 이쪽을 바라보고 있다.

"미안. 깨 버렸어? 더 자. 물 좀 마시려고 했을 뿐이니까."

"응."

구로다는 고개를 끄덕이고 돌아누웠다.

다몬은 살며시 침대에서 빠져나와 냉장고 안에서 물을 꺼냈다.

왠지 모르게 옷장 쪽을 바라보게 된다.

조용히 옷걸이에 걸려 있는 코트가 유리 너머에 어렴풋이 떠올라 있었지만, 꿈속만큼 무섭지는 않았다.

물을 마시고 침대로 돌아간다.

"다몬."

구로다가 돌아누운 채, 반쯤 잠에 취한 듯한 목소리를 냈다.

"왜?"

놀라서 구로다를 바라본다.

어떡하지? 구로다가 이쪽을 돌아보고, 갑자기 목이 길어지기 시작하면?

그런 걱정을 하고 있는 자신을 깨닫고 다몬은 다시 쓴웃음을 지었다.

"너 계속 잠꼬대를 하고 있었어. 같은 잠꼬대를 되풀

이해서."

"뭐? 정말? 뭐라고 했는데?"

"오렌지와 레몬—이라고."

다몬은 어안이 벙벙했지만, 구로다는 다음 순간에 벌써 잠의 세계로 돌아간 것 같았다.

7

"발표는 1922년이야."

"뜻밖에 최근이군. 좀 더 오래된 줄 알았는데."

"모토오리 나가요*는 그 밖에도 여러 곡을 작곡했어. 「일곱 아이」라든가 「푸른 눈의 인형」이라든가. 그리고 「보름날 밤의 달님」과 「기차가 칙칙폭폭」도 그래."

"에헤, 몰랐어. 모두 명곡뿐이잖아."

"그리고 모두 어딘지 모르게 무서운 노래뿐이었지."

"무슨 얘기야?"

오노에와 미즈시마의 이야기를 듣고, 뒤에서 걷고 있던 구로다가 끼어들었다.

오르막이 이어지고 있어서 가볍게 숨을 헐떡이고 있다.

* 本居長世(1885~1945): 일본의 작곡가. 다수의 동요 명곡을 작곡하여 '일본 동요의 아버지'라고 불린다.

"「빨간 구두」이야기야."

"빨간 구두?"

"동요에 있잖아. 빨간 구두를 신은 여자아이."

"아아, 그거?"

"그런데 그거 실화*야? 이방인이 데려가 버렸다는 거?"

"실화인가 봐. 옛날에는 가난한 아이가 많았으니까, 미국도 포함해서 여기저기 양자로 가는 일은 드물지 않았지. 기미짱이라는 여자아이를 모델로 했다고 말하기는 하지만, 사실은 잘 모르는 것 같아. 요코하마와 샌디에이고에도 「빨간 구두」의 주인공인 여자아이의 동상이 있는 모양이야."

"그럼 샌디에이고로 건너간 모양이군?"

"어쩌면 특정한 한 사람을 가리키는 게 아니라 여러 명의 '기미짱'이 있었던 게 아닐까?"

어젯밤의 추위도 누그러지고, 하룻밤이 지난 오늘 아침은 온화하고 맑은 날씨였다.

일행은 '커피 괴담'을 재개하기 위해 일찌감치 샤워

---

* 실존했던 '이와사키 기미(岩崎きみ)'라는 여자아이가 모델이다. 시즈오카에서 태어나, 3세 때 어머니와 홋카이도로 이주한 뒤 미국인 선교사 부부에게 입양되었는데, 결핵에 걸리는 바람에 미국으로 건너가지 못하고 도쿄의 감리교회 고아원에 맡겨졌다가 9세(1911년)에 사망했다고 한다.

를 하고, 아침 식사도 하는 둥 마는 둥 한 채 야마테[*]에 가려고 몰려나온 참이었다.

호텔에서 충분히 걸어갈 수 있는 거리였기 때문에, 마음을 다잡고 기세 좋게 출발했다.

밝은 햇살이 바다에 쏟아지고, 그림엽서 같은 항구 풍경이 펼쳐져 있다. 아직 관광객이 넘칠 시간은 아닌 탓인지, 주위는 조용했다.

야마테 공원 앞을 지나 항구가 보이는 오카 공원으로 들어간다.

"「빨간 구두」 말인데, 가사는 아마 노구치 우조^{**}가 썼지? 작곡한 건 누구였더라?"

다몬이 묻자 오노에가 대답한다.

"아까도 말했지만 모토오리 나가요야."

"모토오리라면 설마 모토오리 노리나가^{***}와 관계가 있나?"

"그래. 모토오리 노리나가의 후손이야."

* 山手. 요코하마시 니카구의 역사적인 지역 이름. 19세기 후반에 외국인 공동체의 거주 구역으로 조성되었다.
** 野口雨情(1882~1945): 일본의 시인, 동요·민요 작사가. 906~1909년에 홋카이도의 삿포로에서 신문기자로 일할 때 들은 이야기를 동시로 써서 1921년에 발표한 것이 「빨간 구두」다. 당시만 해도 소녀가 미국으로 건너갔을 거라고 여겼고, 동시에도 그런 믿음에 바탕한 이별의 아픔이 담겨 있다.
***本居宣長(1732~1801): 일본의 유명한 국학자, 문헌학자, 의사.

"그건 몰랐는걸."

"레코드 회사에 다녀도 동요까지는 다루지 않았냐?"

"응, 난 어린 시절에도 일본 동요는 별로 들은 적이 없었어. 일본 동요는 대부분 트라우마 계열이야."

"그래, 맞아. 그래서 지금 그 이야기를 하고 있었던 거야. 나도 「빨간 구두」는 어릴 때부터 무서워했어. 이방인에게 끌려간다는 건 어떤 것일까, 하고 좀 겁을 내면서도 상상해 봤지. 이방인이라는 말을 들으면 그게 왠지 정체 모를 도깨비 같다는 생각이 들거든."

"그렇게 말할 수 있지."

"빨간 구두는 안데르센의 동화에도 나와."

구로다가 문득 생각난 듯이 입을 열었다.

"저주를 받은 구두여서 벗을 수도 없고, 잠도 못 자고 영원히 계속 춤을 추어야 했기 때문에, 저주에서 벗어나기 위해 결국 발목을 잘라 냈다는 이야기야."

"안데르센도 기본적으로 호러 계열이야."

구로다가 갑자기 우뚝 멈춰 섰다.

다몬은 거기에 이끌려 걸음을 멈춘다. 속으로는 흠칫 놀라고 있었다. 움직임을 멈춘 구로다가 오늘 새벽에 꾸었던 꿈속의 구로다와 비슷해서, 그때의 공포가 되살아났기 때문이다.

물론 꿈 이야기는 아무한테도 하지 않았다. 오노에

에게 말하면 무척 기뻐하겠지만, 자기도 그런 꿈을 꾸고 싶었는데 왜 나만 꾸었냐고 괜히 트집을 잡을 것 같았기 때문이다. 이쪽은 무서워서 벌벌 떨었는데, 불평을 들으면 견딜 수 없다.

"오렌지와 레몬."

구로다는 나직이 말하고, 다몬의 얼굴을 바라보았다. 다몬은 속으로 당황한다.

"동요야."

"그래. 마더 구스라는 건 기억하고 있어."

"마더 구스가 왜?"

오노에가 뒤를 돌아본다.

"이 녀석이 잠꼬대로 되풀이한 말이야."

구로다는 다몬을 턱으로 가리킨다.

"그러고 보니, 넌 어제부터 그 말을 하지 않았어?"

미즈시마가 중얼거렸다.

"그 더럽게 추운 다리 위에서도 말했었지."

"모르겠어."

다몬은 어깨를 으쓱하고, 말을 이었다.

"무엇 때문인지, 어제 사쿠라기초에 도착했을 때부터 몇 번이나 그 구절이 머리에 떠올랐어. 이유는 나도 모르겠어."

"오렌지와 레몬."

구로다가 되풀이했다.

"영국의 세인트 클레멘트 교회에서 하는 행사야. 언제였는지는 잊었지만, 어린이가 예배를 드리는 모임이 있는데, 모임이 끝나면 오렌지와 레몬을 줘."

"에헤, 용케도 그런 걸 알고 있군."

미즈시마가 감탄한 듯이 말했다.

구로다는 고개를 젓는다.

"어릴 때 영국에서 잠깐 살았어. 지금도 그런 행사가 있는지는 모르지만."

"오렌지와 레몬을 준다면, 여름인가?"

"아니, 이른 봄이었던 것 같아."

"마더 구스, 오렌지와 레몬. 그걸로 지금 검색하고 있어. 아, 나왔다!"

오노에가 태블릿 화면을 스크롤하면서 읽는다.

"오렌지와 레몬,
세인트 클레멘트의 종소리가 말한다.

너는 나에게 5파딩의 빚이 있어,
세인트 마틴의 종소리가 말한다.

언제 갚을 거야?

올드 베일리의 종소리가 말한다.

부자가 되면,
쇼어디치의 종소리가 말한다.

그게 언제쯤일까?
스테프니의 종소리가 말한다.

짐작도 안 가,
바우의 커다란 종소리가 말한다.

촛불이 온다, 네 침대로 가는 길을 밝혀 줄 촛불이.
도끼가 온다, 네 목을 쳐 줄 도끼가."

"흐음."
다른 세 사람이 신음 소리를 냈다.
"이 노래의 핵심은 마지막 2행이지? 요컨대 '빨리 자라'는 거잖아. 아이를 교육적으로 지도하는 노래라는 건가?"
"그런 것 같아."
오노에는 다시 한번 화면을 스크롤하며 영어 원문을 입안에서 되뇌고 있었다.

Here comes a candle to light you to bed.

Here comes a chopper to chop off your head.

다몬은 흠칫 놀랐다. 그 구절을 들은 기억이 있었기 때문이다.

"그 마지막 2행, 기억하고 있어."

목을 친다.

갑자기 흐릿한 정경이 떠올랐다.

석양이 비쳐 드는 좁은 방에서 체스 판을 사이에 두고 앉아 있는 남자와 아이. 나른한 권태. 절망. 울적함. 저주. 체념. 그런 무거운 공기 속에서 묵묵히 체스 말을 움직이는 두 사람. 남자의 입이 움직이고 있다. 뭔가 노래를 부르고 있다.

"잊고 있었는데 생각났는지도."

"뭐가?"

"아니, 개인적인 기억이지만, 왜 오렌지와 레몬인지?"

"듣고 싶은데."

오노에가 말하고는 홱 돌아서서 다몬이 있는 곳까지 돌아왔다.

"말해 줘."

그 서슬에 다몬은 당황했다.

"이건 별로 괴담도 아니고 호러도 아니야. 정말로 개

인적인, 아무리 봐도 전혀 맥락이 없는 나다운 이야기라서."

다몬은 머뭇거렸다.

단순한 추억. 기묘한 연상. 그냥 그것뿐인데, 벼락에라도 맞은 것처럼 선명하게 생각이 났다. 그 순간, 울고 싶기도 하고 소리를 지르고 싶기도 한 기분이 되었다.

"괜찮아. 들려줘. 무섭지 않아도 돼."

오노에는 완강하게 물러서지 않았다.

"그럼, 가게에 들어간 뒤에 말해 줄게."

다몬은 마음이 내키지 않는 표정으로 말했다.

"좋아. 빨리 가자."

오노에는 다몬의 이야기가 어지간히 듣고 싶었는지, 다른 친구들을 재촉하여 항구가 바라다보이는 언덕투성이인 오카 공원을 걸어서, 공원 구석에 있는 산뜻한 서양식 건물의 찻집으로 들어가 테라스석에 자리를 잡았다.

바람이 없어서, 초겨울인데도 테라스석은 기분이 좋다. 계단 모양으로 펼쳐지고, 기하학적 형태로 화단을 배치한 정원이 한눈에 바라보이는 것도 상쾌하다.

"정말로 대단한 이야기는 아니니까, 화내지 마."

다몬은 마지못한 투로 말하기 시작했다.

"요코하마에는 몇 번이나 왔는데, 지금까지 연상하

지 않았던 게 이상해. 하지만 생각해 보면 라이브 하우스가 있는 건 선로 저편이어서, 여기 바다 쪽에는 별로 내려온 적이 없었어."

늘 그렇듯이, 기승전결 없이 대뜸 본론으로 들어가 자신의 기억에 잠기는 다몬을 모두 노려본다.

"이봐, 다몬. 우리는 오랜 친구니까 네 이야기가 알기 어렵다는 건 잘 알고 있어."

오노에가 짐짓 사나운 표정을 지으며 다몬의 얼굴을 들여다보았다.

다몬은 황급히 손을 젓는다.

"알았어. 되도록 알기 쉽게 이야기하려고 애써 볼게."

"좋아."

오노에는 고개를 끄덕이며 몸을 뒤로 뺐다.

커피를 가져온 여자가 신기한 듯 네 사람의 얼굴을 차례로 바라본 뒤 물러갔다.

이런 곳에서 나잇살이나 먹은 네 남자가 무슨 이야기를 하고 있을까 하고 생각한 게 분명하다.

다몬은 머리를 북북 긁적였다.

"그래서, 랜드마크 타워를 정면으로 보는 게 이번이 아마 처음일 거야."

"그래서?"

"그래서 랜드마크 타워를 처음 보았을 때, 무의식중

에 떠올랐어. 어린 시절에 자주 사용했던 말이."

"말이라니? 무슨 말?"

모두 몸을 앞으로 내민다.

"체스 말. 어릴 때는 아버지와 자주 체스를 두었거든."

"체스라고?"

오노에가 진흙이라도 삼킨 듯한 표정을 지었다.

구로다가 입을 열었다.

"체스라면 나도 조금 한 적이 있는데, 어떤 말과 비슷해?"

"루크야. 성 또는 성채, 장기에서는 '차'에 해당하는 말이지."

"그게 비슷한가?"

구로다는 고개를 갸웃거렸다.

"내가 사용한 말과는 비슷해. 나와 아버지는 제대로 된 체스 세트를 갖고 있지 않았거든. 말이 몇 개 부족해서, 약이 들어 있던 앰플이나 레고 블록이나 망가진 전구 소켓 같은 걸로 말을 대신했지. 그런데 내가 루크로 사용한 건 망가진 어댑터였어. 그게 랜드마크 타워와 똑같아."

"어댑터? 그렇군. 그거라면 비슷할지도 몰라."

구로다가 고개를 끄덕였다.

"그래서 루크를 연상하고, 바샤미치 쪽을 보았더니

이번에는 킹과 퀸이 있는 거야."

"킹과 퀸?"

이번에는 구로다가 목구멍에 무언가가 막힌 듯한 표정을 지었다.

"응. 아, 잭도 있나? 요코하마에는 탑이 세 개 있는데, 그걸 각각 킹과 퀸과 잭이라고 부르지."

미즈시마가 고개를 끄덕였다.

"가나가와현 본청사를 킹, 요코하마 세관을 퀸, 요코하마시 개항기념회관을 잭이라고 불러."

"그러면 『이상한 나라의 앨리스』가 생각나지 않아? 거기에는 카드 병정들이 나오고, 붉은 여왕이 나오지."

"다몬, 네 연상은 잘 알 것 같기도 하고 모를 것 같기도 하고……."

오노에가 우물우물 중얼거렸다.

"괜찮아. 어디까지나 내 머릿속에서 어떻게 연결되어 있느냐 하는 이야기니까. 안 그래?"

다몬은 말하고 친구들의 얼굴을 둘러보았다.

"뭐, 그건 그렇지."

"그걸 듣고 싶다고 말한 거고."

오노에와 미즈시마가 얼굴을 마주 본다.

"그래. 그래서 내 머릿속에서 붉은 여왕이라면, 그 유명한 대사밖에 떠오르지 않아. '목을 쳐라!'"

"아하."

모두 천천히 고개를 끄덕였다.

"그래서 오렌지와 레몬인가? '목을 쳐라'로 끝나는 노래니까."

"아니."

다몬은 고개를 가로저어 부정했다.

"그렇지만, 그렇지 않아."

"뭐?"

"무슨 뜻이야?"

모두 입을 모아 묻는다.

"또 하나가 있어. 아버지가 나하고 체스를 둔 건 대개 좌천을 당해서 한가해지셨을 때야. 너희도 알고 있잖아? 우리 아버지가 어떤 분이었는지."

아무도 입 밖에 내어 말하지는 않았지만, 확실히 모두 알고 있었다. 훼예포폄*이 심하여 좌천과 영전이 어지럽게 되풀이되었고, 전 세계에 걸친 부임지마다 아들인 다몬을 데려갔다.

"그래서 아버지가 이 노래를 부르는 건 자학이기도

---

* 毁譽褒貶. '훼(毁)'는 과장된 것을 헐어 낸다는 말이고, '예(譽)'는 그 가치를 제대로 평가해 기린다는 말이다. '포폄(褒貶)'은 그에 걸맞게 상을 주거나 벌을 준다는 말이니, 그 후 인사고과를 뜻하는 용어가 되었다. 『춘추(春秋)』에서 공자가 한 말이다.

했어. 어쨌든 목이 날아간 건 아버지 자신이니까. 그 자조의 울림이 어린 마음에도 싫었던 거지."

"그런데 아버지는 너한테 분풀이를 하거나 하진 않으셨냐? 어쩌면 '빨리 가서 자'라는 뜻으로 그 노래를 부르신 건 아닐까?"

민감한 질문이었기 때문에 미즈시마는 조심스럽게 물었다.

다몬은 웃으면서 고개를 젓는다.

"전혀 그렇지 않아. 아버지는 누구에게 분풀이를 하거나 감정을 드러내는 타입이 아니야."

그렇다. 그래서 더욱 싫었다.

"그리고 레몬은 영어권에서는 별로 좋은 의미가 아니야. 결함이 있는 물건이나 쓰레기라는 뉘앙스가 있으니까. 아버지는 당신 자신이 '오렌지와 레몬'이라고 말한 듯한 기분이 들어. 그런 점도 포함해서 자학적이었던 게 나는 너무 싫었지. 그게 생각난 거야."

"흐음, 그렇군."

이번에는 친구들도 모두 납득한 것 같다.

다몬은 왠지 모르게 기분이 상쾌해졌다.

"아니, 나도 납득했어. 왜 '목'일까. 왜 그런 꿈을 꾸었을까. 역시 '목을 쳐라'가 포인트였던 거야."

"그건 또 뭐야?"

모두 의아한 듯이 쳐다보았기 때문에, 다몬은 오늘 새벽에 꾼 꿈을 설명했다.

구로다가 옷장 속에 고개를 들이밀고 설명한 광경을.

아니나 다를까, 오노에는 자기가 그런 꿈을 꾸지 못한 것을 속상해했고, 미즈시마는 기분 나빠했다.

그런데 구로다는 혼자 입을 다물고 있다.

"미안, 미안. 불쾌한 꿈이야. 설령 남이 꾼 꿈이라 해도 불쾌하지. 하지만 내가 그런 꿈을 꾼 것은 그런 이유 때문이었어."

다몬은 황급히 구로다의 기분을 풀어 주려 했지만, 이윽고 구로다는 기분이 상해 있는 게 아니라 무언가에 마음을 빼앗기고 있다는 것을 알아차렸다.

"구로다?"

모두 그를 돌아본다.

구로다는 뭔가를 골똘히 생각하고 있었다.

"옷장의 옷걸이를 거는 가로대에 벨트."

"뭐라고?"

"이렇게 해서 죽었다고 말했지?"

구로다는 천천히 얼굴을 들더니 진지한 표정으로 다몬을 바라보았다.

"으응. 하지만 꿈 이야기잖아?"

다몬은 저도 모르게 당황하여 구로다의 시선을 피

해 버린다.

하지만 구로다의 진지한 태도는 변하지 않는다.

너무 집중해 있기 때문에, 아무도 입을 열지 않았다.

하지만 구로다의 안색이 순식간에 변해 가는 것을 알았다.

"그놈들, 자살을 타살로 위장했어. 그걸로 모두 설명이 돼."

"뭐?"

모두 멀리서 그를 에워싸자, 구로다는 잔에 남은 커피를 단숨에 들이켰다.

"미안하지만 나는 이만 돌아갈게. 다몬, 고마워. 네가 그런 꿈을 꾼 것은 분명 내 탓이기도 해. 나는 줄곧 그 사건을 생각하고 있었으니까."

구로다가 느닷없이 끌어안았기 때문에, 다몬은 당황했다.

"꿈의 계시야. 내가 고민했기 때문에 네 꿈에 나온 거야. 애들아, 또 보자. 연락할게."

구로다는 들뜬 태도로 친구들에게 손을 흔들고, 자기 커피값을 탁자 위에 놓고는 허둥지둥 일어나 가게를 나갔다. 휴대전화를 손에 들고 누군가에게 빠른 말투로 지시를 내리고 있다.

남은 세 사람은 밝은 테라스 탁자에서 멀어져 가는

구로다를 지켜보았다.

"무슨 일이지?"

얼굴을 마주 보는 세 사람.

"네 꿈에서 뭔가 힌트를 얻은 모양이야."

"그럴 수도 있나?"

오노에와 미즈시마가 복잡한 표정으로 다몬을 바라보았다.

다몬은 조심스럽게 입을 연다.

"이것도 괴담인가?"

세 사람은 입을 다물고 잠시 생각에 잠긴다.

"모르겠어. 하지만 불가사의한 이야기인 건 확실해."

오노에는 식어 버린 커피를 천천히 마셨다.

거기에 이끌리듯, 두 친구도 커피잔을 입으로 가져간다.

화창한 햇살이 내리쬐고 있다.

하지만 여기서는 밝은 바다가 보이지 않았다.

커피 괴담
III

1

"괴기 만화 그리는 U라는 사람 있잖아?"

오노에가 설탕을 듬뿍 넣은 커피를 한 모금 홀짝이고는 그렇게 중얼거렸다.

"있지. 나는 본 적이 없지만."

맞은편에서 다몬이 심드렁하게 맞장구를 친다.

그는 아직 커피에 입을 대지 않았다.

갈 길이 멀다. 오늘도 커피를 몇 잔 마시게 될지 모른다. 천천히 음미하며 마시는 게 상책이다.

"본 적이 없다고?"

오노에는 뜻밖이라는 듯이 얼굴을 들었다.

"응. 어릴 때 일본에 없었으니까."

다몬은 고개를 끄덕였다. 이야기는 벌써 시작된 모양이다.

"그리고 나는 무서운 만화가 딱 질색이야. 얼핏 본 적이 있는데, 그림만으로도 너무 무서워서 아예 가까이 가지 않기로 했지."

"으음, 나한테도 물론 트라우마가 되어 있어."

"그래? 이렇게 괴담을 좋아하는데?"

"그건 성인이 된 뒤의 일이지."

오노에는 묘한 대목에서 가슴을 펴고는, 설탕이 덜

녹았는지 스푼으로 짤가닥짤가닥 소리를 내면서 커피를 저었다. 그러고는 이야기를 시작했다.

"대체로 어릴 적에는 반에 한두 명, 또는 사촌 가운데 한 명 정도는 만화책을 잔뜩 갖고 있는 녀석이 있게 마련이지. 내 사촌이 그랬어. 걔는 여자애인데도 무서운 만화를 무지 좋아해서, U의 만화책을 잔뜩 갖고 있었지. 만화 잡지도 매달 몇 부씩 사고, 이따금 사촌네 집에 친척들이 모이면 만화책을 읽게 해 주었어."

"흐음."

"아주 꼬마였을 때, 만화 잡지의 맨 뒤쪽을 아무 생각 없이 펼쳐 보았는데, 거기에 U의 만화가 실려 있었어. 게다가 단편 만화의 마지막 장면이었지."

"호오, 어떤 장면이었는데?"

"아니, 그게 또 충격이었어."

"그러니까 어떤 장면이었냐고."

오노에는 망설이듯 잠시 뜸을 들이다가 입을 열었다.

"한 페이지를 전부 사용한 장면이었는데, 방구석 어두운 곳에 한 여자애가 웅크리고 있어. 그래서 자세히 보니, 온몸에 눈이 있는 거야."

"눈이라니? 어떤 눈?"

"이 눈 말이야."

오노에는 자신의 안경을 가리켰다.

"그러니까 팔도 그렇고 발도 그렇고, 온몸 피부에 인간의 눈이 빈틈없이 들어차 있고, 그 많은 눈이 전부 크게 뜬 채로 이쪽을 보고 있는 거야."

"뭐? 아이고, 끔찍해라."

그 정경을 상상하자 다몬은 오싹 소름이 끼쳤다.

"정말 끔찍하지!"

그때의 일을 생각해 냈는지, 오노에도 함께 얼굴을 찡그렸다.

"나는 으악, 하고 비명을 질렀지. 아니, 아니야. 목소리도 나오지 않아서 그냥 잡지를 내던졌어. 얼마나 무서웠는지, 완전 쇼크 상태였다니까. 두 번 다시 그 잡지에 손을 대지 않은 것만 기억나고, 그날의 다른 일은 아무것도 기억나지 않아."

"그래서 트라우마가 되었다는 거로군."

"그래."

오노에는 고개를 끄덕이고, 말을 이었다.

"그런데 말이야."

"그런데?"

다몬은 그때 비로소 오늘의 첫 커피를 입에 댔다.

지금 있는 가게와 같은 이름의 원두커피를 주문했는데, 약간 진하고 묵직한 맛이 난다.

왠지 반가운 기분이 들었다. 옛날 젊은 시절에 며칠

씩 밤을 샜던 일이 생각났기 때문이다.

아, 그 시절의 커피 맛이야.

"성인이 된 뒤에, 그때 보았던 만화를 다시 한번 보고 싶어진 거야. 지금 읽어 보면 어떤 느낌일지 궁금해서 말이야. 그래서 만화 편집자로 일하는 친구한테 물어보았지. U의 만화 중에 마지막에 이러이러한 장면이 나오는 만화가 있는데, 어떤 만화냐고."

"그때 벌써 괴담을 좋아하게 된 거야?"

"그렇지, 뭐. 지금이라면 괜찮을 것 같았어. 친구 녀석은 만화 편집자를 하고 있으니까, 역시 엄청 오래된 만화에도 빠삭해. 특히 U의 작품 마니아라서, 모든 작품을 구석구석까지 꿰고 있다고 자부하는 녀석인데, 내가 말한 그런 장면이 나오는 만화는 U의 작품 중에는 없다는 거야."

"뭐? 없다고?"

"응. 하지만 그림에서 느낀 인상은 분명 U의 만화였고, 작가 이름도 U였다고 나는 기억해. 만화 마지막에는 대개 '아무개 선생에게 격려 편지를 보냅시다!'라고 쓰여 있잖아? 그 이름도 U였던 걸로 기억해."

"그거참 이상하군."

"그렇지? 그런데 친구 녀석은, 그렇게 인상적인 장면이라면 자기가 기억하지 못할 리가 없다면서 물러서

지 않는 거야. U의 무크지인지 뭔지를 만든 적도 있고, 자기가 보지 않은 작품은 없다면서."

"작품 제목은 기억나지 않아?"

"유감스럽게도 제목은 기억나지 않아. 어쨌든 그 마지막 페이지밖에는 기억하지 못하니까."

"혹시 U의 조수인지 뭔지를 하고 있던 다른 사람의 작품은 아닐까? 하지만 U의 이름을 보았으니 그럴 가능성도 없겠군."

"그래. 그래서 이상하다는 거야. 도대체 그건 뭐였을까. 사실은 전혀 다른 장면이었을까. 뭔가 다른 장면을 내가 멋대로 머릿속에서 그런 장면으로 잘못 보았던 것일까. 만약 그렇다면 실제로는 어떤 장면이었을까."

"확실히 그럴 가능성도 있겠군. 영화에서도 분명 이러이러한 장면이 있었을 텐데, 하고 생각하면서 다시 보면 전혀 다른 장면이었다거나, 심할 때는 그런 장면이 전혀 없을 때도 있지."

"응, 나의 그 트라우마를 되돌려주는 느낌이야."

"왠지 그것도 이상한 이야기이긴 하지만."

다몬이 쓴웃음을 짓자, 오노에는 치즈케이크를 주문했다.

2

부슬부슬, 조용히 비가 내리는 오후다.

이곳은 말하지 않아도 다 아는 세계 최대의 고서점 거리, 도쿄의 간다에 있는 진보초다. 그 한 모퉁이, 헌책방이 즐비하게 늘어서 있는 큰길에서 옆길로 꺾어 든 곳의 지하 1층에 있는 가게. 하얀 포렴이 조용히 걸려 있는 노포(老鋪) 찻집이다.

이번 '커피 괴담'은 그 찻집에서 둘이서 시작했다.

'커피 괴담'의 시작은 오래전으로 거슬러 올라간다.

첫 번째는 여름의 교토였다.

작곡가라는 생업에 종사하는 오노에가 작품을 마무리하지 못하자, 상황 타개를 꾀한다는 명분으로 다몬을 비롯한 옛 친구들을 불러 모아, 오로지 찻집만 순례하면서 시원한 바람도 쐬고 번갈아 괴담을 이야기하는 이벤트(라고 할 만큼 거창한 것은 아니지만)를 연 것이다.

한창 일할 나이인 중년 남자 넷이 모이는 것도 쉽지 않은 일이고, 오노에의 작품도 잘 마무리되어서 그걸로 끝날 줄 알았는데, 오히려 이해관계가 없는(바꿔 말하면, 아무래도 좋은) 이런 모임이 계속되는 경우도 있는 듯, '커피 괴담'은 계속 이어졌다.

두 번째 모임은 첫 번째와는 정반대로 찬 바람이 휘

몰아치는 요코하마에서 열렸지만, 두 번 있는 일은 세 번 있다는 말대로 이번에는 '골든 위크'*가 끝난 직후에 역시 오노에가 도쿄로 오랜만에 친구들을 불러 모은 것이다.

그렇다 해도, 비교적 시간이 자유로운 다몬과 오노에 이외의 두 사람은 늘 그렇듯이 밤이 된 뒤에야 참가하게 되었다. 그래서 이렇게 둘이 마주 앉아 있으면, 단순히 무언가를 의논하는 자리로밖에 보이지 않는다.

책에는 별로 친숙하지 않은 다몬이지만, 진보초는 대학가라는 이미지가 강한 탓인지, 만년 청년 같은 다몬도 편안한 기분을 느낄 수 있는 거리였다.

공교롭게도 비가 내리고 있었지만, 그것도 조용히 시작되는 '커피 괴담'에는 어울리는지도 모른다. '골든 위크'라는 국민적 큰 행사가 끝나고 약간 맥이 빠진 듯한 시기인 것도 이 기발한 기획에는 잘 어울린다.

"오노에, 헌책방 자주 이용하냐?"

다몬이 물었다.

"비교적 좋아하는 편이지. 책을 구입하고 나서 이 근처 찻집에 들어가서 조용히 앉아 있으면 마음이 차분해져. 음악 전문점도 몇 개 있으니까, 선반에 진열된 물

---

* 일본에서 4월 말에서 5월 초에 걸친 황금연휴 기간.

건을 구경하는 것만으로도 재미있어."

"아 그래, 악보 전문점이 있지."

그 가게는 다몬도 알고 있었다. 진보초에는 전문적으로 특화된 고서점도 많다.

"악보 중에는 여백에 무언가를 써넣은 게 많아. 가장 두드러진 흔적본이지."

치즈케이크를 천천히 자르면서 오노에가 중얼거린다.

"흔적본?"

생소한 말을 듣고 다몬이 저도 모르게 되묻는다.

"응. 원래 주인이 써넣은 거라든가, 장서인이 찍혀 있는 거라든가, 그런 게 남아 있는 것을 흔적본이라고 불러."

"아아, 난 처음 들었어. 확실히 악보에는 연주할 때의 주의 사항을 적어 놓는 사람이 많지."

"한때 '비극적 악보'라는 게 나돈 적이 있는데."

"비극적 악보?"

생소한 말이 또 나와서, 다몬은 자신이 바보가 된 듯한 기분이 들었다.

"아마 주인이 죽었거나 해서 유족이 처분한 거라고 생각되지만, 대량의 악보가 헌책방에 나왔어. 악보는 비싸니까 중고라도 당연히 고맙게 생각하고 음대생이 사들인 거야. 그런데 악보에 써넣은 게 엄청 많았는데, 그게 전부 다 '비극적으로'라는 말이었대."

"아하, 그래서 그렇게 불리게 되었군."

"응. 짐작건대, 그 악보의 원래 주인은 아마추어 음악 애호가였고, 아무래도 악보에 자신의 악상을 적어 넣는 게 취미였나 봐. 하지만 음악적으로는 미숙한 아마추어였던 게 아닐까. 물론 돈은 있었겠지. 그래서 악보를 잔뜩 사 모은 모양이지만, 악보에 써넣은 게 완전히 빗나갔어. 그러다가 음대생들 사이에 소문이 퍼진 거야."

"무슨 소문?"

"그 악보를 가지고 있으면 유령이 나온다고."

"뭐?"

다몬은 반사적으로 몸을 뒤로 뺐다. 그러고 나서, 자기가 여전히 소심한 것에 쓴웃음을 짓는다.

다몬은 가볍게 헛기침을 하여 얼버무리고, 다시 물었다.

"그 유령이 악보의 원래 주인이라는 거야?"

"아마 그렇겠지. 유령이라 해도, 악보를 보고 있으면 방에 스르르 나오는 건 아니고, 많은 사람들 사이에서 가만히 이쪽을 바라보고 있는 할아버지가 있었다는 정도지만."

"어쩌면 그 할아버지는 악보의 원래 주인 본인이 아닐까? 사실은 죽은 게 아니라 돈이 궁해서 악보를 팔아 버렸지만, 역시 미련이 남아서 자기 악보를 산 사람 앞에 나타나고 있거나, 아니면 가족이 '안 쓰는 물건'으로 생각해서 멋대로 팔아 버렸거나."

"그럴 가능성은 있지. 목격자의 증언에 따르면, 모두 같은 할아버지였대. 몸집이 작고 둥근 금테 안경을 쓰고 은색 재킷을 입고 있었대."

"흐음, 그게 '비극적'인 할아버지였군."

"응. 한때는 그 악보를 가지고 있는 사람이 여기저기 꽤 많았지만, 모두 기분이 불편해져서 처분한 모양이야. 사실은 나도 갖고 있는데, 뭐랄까, 지저분하고 역겨운 느낌이 들어. 확실히 흔적본이야. 원래 주인의 독특한 필적 같은 걸 보고 있으면 뒤에서 누군가가 가만히 나를 지켜보고 있는 듯한 기분이 들거든."

"그래, 중고품은 그런 문제점이 있지. 난 그래서, 남이 입던 헌 옷은 절대로 안 입어."

"이해해."

"누군가가 이 옷을 입었고, 옷을 통해 그 사람과 살이 닿는다고 생각하면 도저히 입을 수가 없어."

"미국 추리소설에 나오는 이야기인데, 헌 옷 전문점에 가서 청바지를 구입한 손님이 문득 의문이 든 거야. 요즘에는 입으면 처음부터 바로 익숙해지는 부드러운 옷감의 청바지가 대부분이지만, 옛날 청바지는 갓 샀을 때는 너무 뻣뻣해서, 그걸 부드럽게 하려고 날마다 입어서 길들였잖아? 헌 옷 전문점에 있는 청바지는 몸에 익숙해져서 착용감이 좋아진 상태인데, 그걸 왜 팔았을까 하고 이상하게 생각한 거지."

"그거 설마? 결말은 뭐야?"

"맞아, 상상한 대로야. 잘 길들여진 청바지를 입고 있는 사람이 보이면 죽여서 중고 청바지를 모으고 있었다는 결말이야."

"하지만 중고 청바지는 확실히 의문이야."

다몬은 문득 눈알을 굴렸다.

"그러고 보니……."

오노에가 날카로운 눈으로 몸을 내밀었기 때문에, 다몬은 당황했다.

"뭔데?"

"네가 그런 눈을 할 때는 뭔가 터무니없이 무서운 이야기를 시작할 때야."

"그래? 내가 뭔가 무서운 이야기를 한 적이 있었냐?"

다몬이 짐짓 시치미를 떼자, 오노에는 단호하게 고개를 저었다.

"있지. 네가 기억하지 못할 뿐, 상당히 무서운 이야기도 한 적이 있지."

"아니, 이건 정말로 대단한 이야기는 아니야."

다몬은 황급히 손을 내젓고는 말을 계속했다.

"내가 어릴 적에 아버지랑 체스를 두었다고 전에 말했잖아? 없어진 체스 말을 다른 것으로 대용했다는 이야기."

"아아, 요코하마 랜드마크 타워 이야기 말이군."

"응. 그런데 아까 그 '비극적'인 할아버지 이야기를 듣고 생각이 났는데, 그 당시 우리가 체스를 두고 있으면 반드시 찾아오는 할아버지가 있었어."

"무슨 뜻인지 모르겠네. 그 할아버지가 어디에 온다는 거야? 너희 집에?"

"그래."

다몬은 고개를 끄덕이고, 이야기를 계속했다.

"남아메리카나 유럽에서는 길거리에서도 체스를 두잖아? 그 할아버지는 아무래도 체스를 좋아하는 사람인 모양이야. 우리 이웃에 혼자 살고 있던 분인데, 어찌 된 셈인지 나와 아버지가 체스 판을 꺼내기만 하면 그 할아버지가 나타나곤 했지."

"뭐? 너희 집에?"

"응. 우리 집은 낡은 아파트였기 때문에, 통로에서 집 안이 훤히 들여다보여. 그런데 나랑 아버지가 체스를 두고 있으면, 어느새 창밖에 그 할아버지가 서 있는 거야."

"으악, 정말 싫어. 너무 무섭잖아."

오노에는 얼굴이 조금 핼쑥해졌다.

"아버지도 저 할아버지가 어떻게 알았을까 하고 이상하게 생각하셨지. 아버지는 바빴기 때문에 나랑 체스를 그렇게 자주 두지는 못했거든. 그런데 어찌 된 셈인지, '그럼 오랜만에 체스나 둘까?' 하고 체스 판을 꺼내면 어김없이 그 할아버지가 나타나는 거야."

"그 할아버지, 살아 있는 사람이었어? 혹시 유령이었던 거 아냐?"

"몰라."

"체스를 두기 시작하면 나타나다니. 꼭 「꿈의 구장」*이라는 영화 같아."

"아니면 '캔디 맨'**이거나."

"미국의 도시 전설 말이군. 영화로도 만들어졌지만, 기분이 좀 나빠. 다섯 번 부르면 나타난다고 했던가?"

"그래, 캔디 맨, 캔디 맨, 캔디 맨, 캔디 맨, 캔디 맨."

---

* 1989년에 개봉한 미국 영화. 한 농부가 옥수수 농장을 없애고 야구장을 만들자, 꿈을 이루지 못하고 죽은 야구선수들의 유령이 나타나 연습을 시작한다.
** 영국의 소설가 클라이브 바커(1952~)의 단편 소설 「포비든」(1985)에 나오는 캐릭터. 19세기에 흑인 노예의 아들로 태어나 화가가 되었지만 금지된 백인 여성과의 연애 때문에 잔인하게 살해된 뒤, 현대에 도시 전설의 주인공으로 되살아나 복수극을 펼친다. 거울 앞에서 '캔디 맨'이라고 다섯 번 말하면 갈고리 의수를 한 캔디 맨이 나타나 그를 불러낸 사람을 죽인다. 1992~2022년에 4편의 영화 시리즈로 만들어졌다.

"그만해."

그때 갑자기 입구에서 바람처럼 쓰윽 들어온 그림자가 다몬의 등 뒤에 섰다.

"으악."

그것이 너무나도 갑작스러운 움직임이었기 때문에, 오노에와 다몬은 몸을 움츠리며 작은 소리로 비명을 질렀다.

"뭐야, 그 반응은?"

의아스러워하는 목소리가 내려온다.

"아니, 구로다잖아."

"놀랐어. 이렇게 일찍 오다니."

그곳에는 여전히 새하얀 셔츠를 말쑥하게 차려입은 구로다가 서 있었다. 직장의 분위기를 질질 끌고 살기등등한 채 왔기 때문에 섬뜩한 그림자로 느껴진 모양이다.

"야아, 반갑다. 일은 괜찮아?"

"응. 좀 더 있으면 움직일 수 없을 것 같아서, 그냥 빠져나왔어."

"다섯 번 부른 보람이 있었네."

다몬과 오노에가 얼굴을 마주 보며 웃는 것을 의아한 듯이 바라보던 구로다는 "후우—" 하고 한숨을 내쉬며 오노에 옆에 앉았다.

3

"다몬, 저번에는 고마웠어."

구로다가 앉자마자 말했다.

"어? 내가 뭘 했는데?"

다몬은 흠칫 놀란다.

"요코하마에서 네가 꾼 꿈 이야기. 덕분에 사건 하나가 처리됐거든."

"아아, 그거? 정말로 도움이 되었냐?"

"응."

구로다의 대답은 짧았지만, 지난번 요코하마에서 묵었을 때 다몬이 꾼 꿈을 이야기했더니, 그것이 그가 다루고 있던 사건 해결에 힌트가 된 모양이다.

"그런 일도 다 있군."

오노에가 감탄한 듯이 중얼거렸다.

"사실 이쪽 업계에서는 그런 일이 꽤 많아."

구로다는 '캐러멜오레'를 주문했다.

"캐러멜오레? 그런 세련된 메뉴가 있었나?"

오노에가 묻자 구로다는 벽을 가리켰다. 벽에는 손글씨로 '특제 아라카르트* 커피'라고 적힌 종이가 붙어

---

* '식단에 따라서'라는 뜻의 프랑스어로, 음식점에서 손님이 식성에 따라 한 가지씩 마음대로 주문하는 요리를 말한다.

있고, 그 밑에 '카페쇼콜라', '칼루아오레' 등과 나란히 '캐러멜오레'라는 메뉴 이름이 적혀 있다,

"이 가게엔 몇 번이나 왔는데도 못 봤어."

"몇 번이나 왔기 때문에 오히려 알아차리지 못한 거야."

"나도 알아차렸어. 이 가게, 이름은 라틴식인데 인테리어는 일본풍이야."

다몬이 태평하게 중얼거린다.

자세히 보니 이로리*까지 있고, 칸막이벽도 미닫이문 같고, 천장의 조명도 일본풍인데 전체적인 분위기는 서양풍이다.

"그런데 그게 정말이야? 너 방금 네 업계에는 그런 일이 꽤 많다고 했잖아?"

오노에가 생각난 듯이 추궁하듯 묻는다.

"응, 그랬지. 굳이 입 밖에 내어 말하려고 하진 않지만, 많든 적든 비슷한 경험은 모두 하고 있을 거라고 생각해."

"예를 들면?"

"예를 들면……."

구로다는 천장을 힐끗 쳐다보고 나서 말을 이었다.

---

* 囲炉裏. 일본 전통가옥에서 마루 한가운데를 사각형으로 잘라 내 흙바닥을 드러내거나 구덩이를 파고 재를 채워 불을 피울 수 있게 만든 구조물. 난방 및 요리에 사용된다.

"개라든가."

"개?"

"어떤 강제 수사에서 일제히 덮쳤어. 기업 간부의 자택과 별장, 그 밖에 여러 곳을. 나는 별장을 담당했는데, 간토 북부의 어딘가라고 해 두지. 그런데 어디나 빈 껍데기만 남아 있었어. 도대체 어디서 정보를 입수했는지는 모르지만, 아마 조만간 특수부가 쳐들어올 것은 예상하고 있었겠지. 간발의 차이로 도망친 뒤였어. 난로에 자료를 태운 흔적이 있었지. 그래도 뭔가 남아 있지 않을까 하고 가택 수색을 하고 있었는데, 우리 직원 하나가 갑자기 '어라, 개다!' 하고 외치는 거야."

"개? 무슨 개?"

"그 직원이 말하기를, 갈색 푸들이 정원에서 이쪽을 보면서 꼬리를 흔들고 있었다는 거야."

"그건 별장 주인이 키우던 개인가?"

"그 시점에서는 알 수 없었지. 직원은 밖으로 나가서 개를 쫓아갔어. 푸들이라는 견종으로 보아 들개라고는 생각하기 어렵지. 집에서 기르는 개인 건 확실하잖아? 나도 왠지 마음에 걸리는 게 있어서 직원 뒤를 따라갔어. 직원이 두리번거리면서 뒷산 쪽으로 들어가길래, '이봐, 어디까지 가는 거야?' 하고 말을 걸었더니, '개가 이쪽으로 들어갔습니다.' 하는 목소리가 들렸어. 할 수 없이 따라갔지. 한동안 짐승이 다니는 좁은 비탈길을 올라갔는데……."

"그랬더니?"

오노에가 저도 모르게 몸을 앞으로 내민다.

"그랬더니, 직원이 얼어붙은 듯이 우뚝 서 있는 거야. 왜 저러나 하고 가까이 다가갔더니, 뒷산 비탈길에 차가 서 있었어. 우리가 발견하지 않았다면 아마 당분간은 발견되지 않았을 거야."

"그렇다면?"

이번에는 다몬이 묻는다.

"직원은 창백한 얼굴로 나를 돌아보면서, '구로다 검사님, 이걸 보세요.' 하고 말했어. 내가 차 안을 들여다보니, 차의 모든 틈새가 종이 같은 걸로 봉해져 있고 남자가 쓰러져 있는 게 보였지. 별장 주인이었어. 차 안에서 연탄불을 피우고 자살한 거야."

"아아!"

"직원이 여전히 창백한 얼굴로 덜덜 떨면서, '검사님, 저 개예요. 저 개가 저를 여기까지 데려왔어요.' 하길래 무슨 소린가 했더니, 차 안에 쓰러져 있는 남자 옆에 갈색 푸들이 주인과 함께 죽어 있는 거야. 아무리 봐도 죽은 지 꽤 시간이 지난 게 분명했지."

"세상에. 그러면 개의 영혼이 너하고 직원을 거기까

지 데려갔다는 거야?"

"그런 결론이 나오지. '검사님, 믿어 주세요. 내 앞을 저 개가 달려갔어요. 정원에 있었어요.' 하고 직원이 몇 번이나 되풀이해서 말하길래, '알았어, 알았어.' 하고 달래 주고 다시 경찰을 불렀지. 덧붙여 말하면 나는 그 개를 보지 못했어. 개를 본 건 그 직원뿐이야."

"에헤."

"욕망이 소용돌이치는 세상, 온갖 도깨비들이 설치는 세계니까 말이야. 전에는 일일이 놀라기도 하고, 왜 그럴까 하고 이유를 찾으려 애써 보기도 했지만, 최근에는 그냥 '그럴 수도 있다'고 생각하기로 했어."

"흐음, 왠지 불가사의하군. 하지만 네가 하는 일과는 전혀 관계가 없을 것 같은데."

"그런데 미즈시마는?"

"6시쯤 오게 될 거래."

"내가 먼저 오다니, 별일이군."

"그래서 비가 내렸나 봐."

4

세 사람은 우산을 쓰고 골목길을 지나 다른 찻집으로 이동한다. 바람은 없지만, 비는 꾸준히 내리고 있다.

당분간 그칠 기미는 없다.

"뭐야, 첫 잔 정도는 느긋하게 마시게 해 줘야지."

구로다가 투덜거린다.

"오늘은 늦게 시작했으니까 부지런히 움직이지 않으면 가게를 다 돌 수 없어. 우린 네가 두 번째 가게 이후에나 올 줄 알았기 때문에, 첫 번째 가게에서 너무 여유를 부렸거든."

오노에가 쓴웃음을 짓는다.

"여기도 저기도 모두 커피 체인점으로 바뀌어 버리니까, 그 반동인지, 요즘엔 또 이런 복고적인 찻집이 유행하고 있어."

다몬은 골목길에 우산을 쓰고 참을성 있게 줄을 서서 기다리고 있는 젊은이들을 바라보았다.

"그래. 쳇, 이곳도 갈 예정이었는데, 설마 이렇게 많이 줄을 서 있을 줄이야."

오노에도 투덜거린다.

젊은이들이 줄을 서 있는 곳은 본점과 지점이 나란히 붙어 있는 노포 찻집이다. 이 동네에서는 이름난 곳인데, 점심 메뉴의 양이 많기로도 유명하다. 밤늦게까지 영업하고, 술이나 안주도 판다고 한다. 패밀리 레스토랑 같은 가게이기도 하다.

"저 앞에 있는 가게로 가자."

좁은 골목 끝에 조용하고 차분한 멋이 있는 찻집이 있다.

"이쪽은 괜찮을 것 같군."

오노에는 유리문으로 안을 들여다보며 확인한 뒤 가게 안으로 들어갔다.

길쭉한 가게 공간. 입구와 가까운 곳에 카운터석이 있지만, 이쪽은 거의 사용되지 않는 모양이다. 진보초의 찻집들은 어디나 어두컴컴하고, 지상에 있는 가게도 움막 같은 분위기를 풍기고 있다. 가게 한가운데에 있는 테이블석에 자리를 잡는다.

"저쪽은 1인용 '독서석'이라고 부르는 모양이야."

오노에는 가게의 구석진 자리를 턱으로 가리켰다.

벽을 향해 의자가 하나만 놓여 있는 공간이 있다.

"고등학교 때의 자습실이 생각나는군."

"저건 자습실이라기보다 반성 코너 같은데."

"참선을 하기에도 딱 좋지 않아?"

저마다 감상을 말한다.

"구로다, 아까 늦게 와서 처음 해 준 개 이야기는 꽤 좋았어. 모처럼 진보초에 왔으니까, 책과 관련된 이야기는 없어?"

오노에는 지극히 만족스러운 듯이 혼자 고개를 끄덕이고 있더니, 구로다에게 또 다른 이야기를 해 달라고 졸랐다.

"책과 관련된 이야기? 글쎄, 어떨까?"

구로다가 이번에는 블렌드커피를 주문하고는 고개를 갸웃거렸다. 다몬은 아이스티, 오노에는 아이스커피를 주문한다.

"아까 우리는 '흔적본' 이야기를 하고 있었어."

오노에와 다몬은 '흔적본'의 정의와 '비극적인' 악보 이야기를 해 주었다.

"흐음, 흔적본인가? 그건 몰랐어."

구로다도 처음 듣는 단어인 듯했다. 그는 잠시 생각에 잠겨 있더니 입을 열었다.

"그러고 보니 그것도 흔적본이라면 흔적본인가? 우리가 학교에 다닐 때만 해도 교과서 같은 걸 선배한테 물려받거나, 여러 사람이 돌려 가면서 쓰거나, 학교 앞 헌책방에서 사거나 했으니까."

"그래, 그랬지."

"무슨 교과서였는지는 잊어버렸어. 헌법학인지 뭔지, 어쨌든 선배한테 받은 교과서를 보고 있었는데, 맨 뒤의 판권 페이지에 글씨가 쓰여 있었어. 선배의 글씨체와는 달라서 눈에 띄었지. 동글동글하고 작고 아담한 글씨였고, 게다가 붉은 볼펜으로 쓴 글씨였어."

"뭐라고 쓰여 있었는데?"

"이놈은 틀려먹었어."

"뭐야, 그게?"

"그러니까 판권 페이지의 저자 이름에 밑줄이 쳐져 있고, 그 이름을 향해 화살표가 그려져 있고, 그 저자에 대해 '이놈은 틀려먹었어.'라고 말한 거야."

"흐음, 학생이 원망하는 말이야?"

"논리적으로 생각하면 그렇게 되겠지. 하지만 내가 그걸 기억하고 있었던 것은, 그 저자가 우리 대학 교수였는데, 그로부터 얼마 뒤에 오랫동안 학생들한테 정신적 폭력을 가한 게 들통나서 거의 달아나듯 병을 이유로 퇴직했기 때문이야. 하지만 그 구절이 쓰인 것은 그보다 적어도 20년 이상 전이었을 거야. 이건 별로 괴담도 아무것도 아니고, 그 당시부터 상습범이어서 누군가가 그것을 고발했는지도 모르지."

"흐음, 예언이었나?"

"뭔가 그 글씨체가 학생으로는 생각되지 않아. 훨씬 높은 곳에서 내려다보고 있다고나 할까, 의기양양하게 싱글싱글 웃고 있는 듯한 느낌이라고 할까. 누구한테 말하고 있는 건지, 그게 불가사의해서 지금도 기억하고 있어."

"아아, 그런 일도 있지."

다몬은 고개를 끄덕이고 덧붙여 말했다.

"아, 그래. 여기서 나간 뒤에 중고 레코드점에 들러도 돼?"

그러자 오노에가 곧바로 대꾸했다.

"다몬, 방금 '그런 일도 있지.'라고 말한 건 어디하고 관련되어 있는 거야?"

"어? 난 그런 경험을 한 적이 있어. 중고 레코드점에서."

"중고 레코드는 괜찮아? 헌 옷은 안 되는데."

"그래, 레코드는 아무렇지도 않아. N이라는 미국 록 밴드 알아? 보컬이 사고로 죽어서 해산해 버린."

"아아, 알고 있어."

"해산한 뒤에 우연히 그 밴드의 중고 레코드를 발견해서 샀는데, 집에 가서 들어 봤더니 레코드에 금이 가 있어서 바늘이 튀는 거야. 옛날엔 그런 일이 자주 있었잖아. 같은 곳에서 바늘이 걸려서 몇 번이나 같은 부분을 되풀이하는."

"응, 있었지."

"그런데 내가 섬뜩하게 느낀 건, 바늘이 걸린 부분의 가사가 '차와 함께 물에 빠져 이 세상과 작별'이라는 대목이었기 때문이야. 실제로 그 밴드의 보컬은 차에 탄 채 강에 빠져 죽었거든. 깜짝 놀랐어. 몇 번이나 되풀이해서 '차와 함께 물에 빠져 이 세상과 작별'이라는 가사가 들려오니까."

"나왔다. 느닷없이 허를 찌르는 다몬의 기습."

오노에와 구로다는 신음 소리를 낸다.

"그거 무서워."

"그래? 우리 업계에도 무서운 이야기가 꽤 있으니까."

"그건 나도 알고 있어. 스튜디오라든가 녹음이라든가."

오노에가 고개를 끄덕인다.

"나는 그런 이야기를 듣고 싶은데."

구로다가 오노에를 바라보며 말했다.

"기본 레퍼토리는 여러 가지 있지. 스튜디오 녹음인데 반드시 노이즈가 들어가 버리는 곳이라든가, 인기척이 느껴지는 스튜디오라든가."

오노에는 그런 뻔한 괴담에는 흥미가 동하지 않는 듯 잠깐 생각하고 있다가, 무릎을 탁 치며 말했다.

"그러고 보니 생각이 나는군. 스튜디오가 아니라 극장과 관련된 이야기인데, 간사이의 어딘가라고만 말해 두지. 녹음할 때도 자주 사용되는 작고 낡은 극장이야. 그런데 일전에 그 극장을 사용한 사람이 말하기를, '여기에 누군가가 살고 있다'는 거야."

"누가?"

"캣워크라는 거 알아? 무대의 천장 쪽에 걸쳐져 있는 작업용 좁은 통로."

"알 것 같아."

"그 사람이 무대에 뭔가를 협의하러 갔다가 문득 천장을 쳐다보았는데, 캣워크에 있던 누군가와 눈이 마주쳐서 인사까지 했대. 스태프가 준비나 조정이나 무언가를 하고 있구나 하고 생각한 거지."

"흐음, 그래서?"

"그런데 잠시 뒤에 불현듯, '아까 그 일은 좀 이상하다'는 생각이 들었대. 눈이 마주친 상대는 젊은 남자였고 분명히 얼굴을 보았는데, 잘 생각해 보니 그 얼굴은 캣워크보다 아래, 정확히 말하면 캣워크의 바닥에 해당하는 부분보다 더 밑에 있었다는 거야. 거기서 정면으로 무대를 내려다보고 있었다는 걸 깨달았던 거지."

"우와, 너무 싫어."

이번에는 다몬과 구로다가 얼굴을 찡그렸다.

"결국 그 사람은 그 일을 아무한테도 말하지 않았어. 지금부터 거기서 공연하는데 괜히 스태프들에게 겁을 주는 것은 득책이 아니라고 생각했기 때문이지. 그 후 아무 일도 일어나지 않았고, 공연도 별 탈 없이 끝났대."

"그건 다행이군."

"무슨 사고라도 일어났다면 견딜 수 없지. 그런 이야기는 없어?"

"응, 지금 상태로는 거기에 뭔가 사연이 있다는 소문

도 없어. 어쩌면 극장의 수호신이었는지도 모르지."

"그렇게 생각하면 안심이 되지."

얼굴. 왜 얼굴은 무서울까. 다몬은 멍하니 그런 생각을 했다.

인간은 어떤 패턴을 처음 보았을 때는 무의식적으로 얼굴을 찾게 되어 있다고 한다. 세 개의 점이 역삼각형으로 늘어서 있으면 사람의 얼굴로 인식하도록 박혀 있다는 것이다. 그것은 먼 옛날 대자연 속에서 살고 있을 때, 적이나 포식자를 가장 먼저 찾을 수 있게 한 흔적이라는 설이 있다.

창밖을 내다본다.

비는 계속 내리고 있었다. 그래도 가게 안보다 밖이 더 환하게 느껴진다.

문득 옛날에 본 체스 좋아하는 노인의 얼굴이 어렴풋이 되살아난 듯한 기분이 들었다.

어떤 얼굴이었더라? 그때 나는 정말로 누군가의 얼굴을 보고 있었을까? 아니면, 얼굴과 비슷한 어떤 패턴을 우연히 보고 있었던 데 불과할까?

유리창 밖을 우산 쓴 사람들이 오간다.

그 광경은 비 때문에 부옇게 흐려져서, 마치 추상화 같은 기묘한 패턴이 움직이고 있는 것처럼 보였다.

5

"커피 괴담이잖아."

구로다가 실망한 얼굴로 오노에를 바라본다.

"여기도 내 머릿속에서는 찻집이야."

두 번째 찻집을 나와서 야스쿠니 거리를 건너 다몬과 함께 중고 레코드점을 잠깐 들여다본 뒤, 오노에가 들어간 곳은 빌딩 2층에 있는 노포 비어홀이다. 미식가로 알려진 문호가 고안한 메뉴도 있다고 한다.

"그 증거로, 나는 아직 날이 밝을 때 빼고는 여기 들어온 적이 없어. 헌책이나 중고 레코드를 사고, 여기서 전리품을 확인하는 게 낙이야."

"그건 증거가 안 돼."

세간에서 일반적으로 보기에 술을 마시기에는 아직 꽤 이른 시간이지만, 자리는 벌써 거의 다 차 있었다. 게다가 손님의 연령층은 높은 편이다. 모두 당연한 듯이 맥주잔을 기울이고 있다.

확실히 가게는 아주 개방적이고 환하다. 적어도 아까까지 있었던 두 군데 찻집보다는 훨씬 찻집답다.

어쨌든 맥주를 마시는 데 반대하는 의견은 나오지 않았다.

"아 참, 나 UFO를 보았어. 이 나이에 첫 경험이야."

맥주가 나온 뒤, 프라이드치킨과 토마토샐러드를 주문한 오노에가 문득 생각난 듯이 외쳤다.

"에에."

"어디서?"

입에 묻은 거품을 훔치면서 두 사람이 묻는다.

"할머니 묘소에 참배하러 갔다가 거기서 봤어."

"아아, 교토에서 모였을 때 돌아가신 할머니?"

다몬이 묻자 오노에는 고개를 끄덕였다.

"응, 실은 어머니랑 함께 봤어."

"흐음. 어머니도 UFO라고 인식하셨냐?"

"그래. 함께 차를 타고 가다가, '애야, 저기 뭔가 이상한 게 보이는데, 내 눈이 이상한 건 아니겠지?' 하고 확인하셨으니까."

"그럼 진짜군. 어떤 거였어? 접시형이야? 시가형이야?"

"모양으로 말하면 접시인데……." 하면서 오노에는 우물거렸다. "뭐랄까. 상상했던 것과는 달랐다고 할까?"

"어떻게 다른데?"

"아 참, 사실은 UFO를 보기 전에 할머니를 봤어."

"돌아가신 할머니?"

"응."

다몬은 지난여름 교토의 찻집에서 보았던, 하얀 양

산을 쓰고 고상해 보이는 노부인을 머리에 떠올렸다. 아무래도 그 노부인이 오노에의 할머니였던 모양이다.

"할머니가 혹시 양산을 쓰고 계시지 않았냐?"

"뭐?"

"으응, 아니야."

오노에는 뜬금없는 질문을 한 다몬을 의아한 듯이 바라보고 있다가 다시 이야기하기 시작했다.

"할머니 묘소는 산 위의 공원묘지에 있어. 원래 보리사(菩提寺)는 시내에 있었지만, 거기가 재개발되면서 통째로 이전했지. 그래서 어머니하고 차를 타고 거기로 가고 있었어. 아주 넓은 공원묘지인데, 고개 위에서 기모노를 입은 어떤 여자가 손짓으로 누군가를 부르고 있는 거야. 누구한테 손을 흔들고 있는 걸까 하고 생각했지만, 곧 여자를 지나쳤지."

오노에는 당시의 일을 생각하는 것처럼 눈길을 쓰윽 옆으로 돌렸다.

"그런데 지나치면서 언뜻 본 그 얼굴이 분명 할머니였어. 옆에 있던 어머니도 놀란 듯이 '어?' 하고 소리쳤고, 둘이서 황급히 뒤를 돌아보았지만 아무도 없었어. 아니, 커브 길이라서 더 이상 보이지 않게 되었지."

"그렇군. 그것도 어머니하고 함께 보았다는 거지?"

"그래. '어머니, 방금 그분, 할머니 아니었어요?' 하고 내가 물었더니, 어머니는 혼란스러운 것처럼 '그러게, 그러게.' 하는 말만 되풀이하셨어."

"그때 날씨는? 시간대는?"

다몬이 묻는다.

"햇빛이 내리쬐고 있었던 건 아니지만, 온화하고 맑은 날씨였어. 바람은 없었던 것 같아. 시간대는 평일 오전이었고."

"흐음."

"그래서 둘 다 말없이 산 위의 공원묘지로 갔어. 어머니도 나도 아까 본 여자가 정말로 할머니였는지 어떤지 생각하고 있었던 것 같아. 몇 분이 지났을까, 왠지 모르게 둘이 동시에 앞쪽 하늘을 바라보았지. 그랬더니 거기에……."

"비행접시가?"

"그래. 산 위에 커다랗고 새까만 원형 물체가 떠 있는 거야. 느닷없이 나타났다는 느낌으로."

"검은 원반. 크다는 건 어느 정도지?"

"그게 정말이지 거대했어. 내가 받은 인상으로는 「미지와의 조우」*에 나오는 외계인의 '모선' 같았어."

---

* 1977년에 개봉한 미국의 SF영화로, 스티븐 스필버그 감독의 초기 작이다. 중산층 노동자 로이를 중심으로, 미국에 갑작스레 나타난 외계인의 UFO와 접촉한 사람들의 이야기를 다룬다.

"어? 그렇게 큰 게 하늘에 떠 있었다면 소동이 벌어졌을 만도 하잖아? 그런데 인터넷에 그런 게 올라왔다는 이야기는 못 들었는데."

"그래. 하지만 묘하게도 그때 우리 차 말고 다른 차는 전혀 다니지 않았고, 공원묘지에도 사람이 있는 기척은 없었어. 나도 어머니도 둘 다 어안이 벙벙했고, 나는 바로 차를 세웠지."

"그래서 아까 말한 할머니 이야기와 연결되는 거로군."

"그래. 하지만 차를 세우고 밖으로 나와 보니 벌써 사라지고 없었어. 정말로 잠깐 눈을 뗀 그 순간, 흔적도 없이 사라져 버린 거야. 어머니와 나는 어리둥절하여 얼굴을 마주 보았지."

"그거참 재미있군. 둘이 동시에 보았다는 게 흥미로워."

"다시 생각해 봐도 뭔가 불가사의한 느낌이야. 그렇게 큰데도 존재감이 없달까. 평평하고 검은색이지만, 스크린에 비친 그림자처럼 납작하고 이음매 같은 것도 없어. 으음, 그건 대체 무엇이었을까."

오노에는 팔짱을 끼고 생각에 잠긴다.

"그런데 그 이야기에 뭔가 결말은 있냐? 할머니 묘소가 움직였다거나, 뭔가를 했다거나."

"전혀. 아무것도 없어."

구로다의 질문에 오노에는 단호하게 대답한다.

"뭐, 그런 건지도 모르지."

"왜 UFO를 보는 걸까?"

다몬이 중얼거리더니, 이야기를 계속했다.

"한때 미국에서 UFO 목격담이 연달아 너무 많이 나오고, 여러 가지 조사가 이루어졌잖아. 그런데 결국에는 왜 UFO가 많이 날아왔느냐가 아니라, 왜 사람들이 UFO를 보게 되었는지를 조사하게 된 모양이야."

"UFO는 아무래도 그런 이야기가 되게 마련이지. 결국 UFO를 보았느냐 안 보았느냐, UFO가 있느냐 없느냐의 양자택일이 되고, 둘 사이에는 깊은 골이 있어."

"그런 이치로 따지면, 오노에와 어머니는 왜 UFO를 보았을까. 할머니와는 무슨 관계가 있을까."

구로다가 진지한 얼굴로 중얼거렸다.

"글쎄. 하지만 그때 할머니를 보았을 때 이미 어떤 '존(zone)'에 들어가 있었던 듯한 기분이 들어. 그때 그 부근에는 우리 말고는 아무도 없었고, 우리 두 사람이 인간계가 아닌 다른 세계에 들어왔다고, 나는 정말로 그렇게 생각했거든."

"그럴 수도 있다는 거군."

구로다가 가벼운 어조로 말하자, 오노에와 다몬은 서로 얼굴을 마주 보았다.

그럴 수도 있다.

아까 구로다가 자신의 체험담을 이야기했을 때, 그렇게 생각하게 되었다는 말은 매우 설득력이 있었다.

"응, 그래. 그럴 수도 있지."

오노에는 계속 고개를 끄덕이고 있었다.

덧붙여 말하면 다몬도 마찬가지였다.

6

결국 그 비어홀에는 두 시간 가까이 눌러앉게 되었고, '커피 괴담'은 당분간 완전히 '맥주 괴담'이 되어 버렸다.

얼마 뒤에 합류한 미즈시마가 "나 배고파. 밥 먹을 틈이 전혀 없었어." 하고 공복을 호소하며 마구 요리를 주문했기 때문이다.

"야스쿠니 거리의 가게들도 많이 변했군. 설마 와인 바가 번화가 대로변의 로드 숍이 될 줄이야. 10년 전에는 아예 생각지도 못했어."

창문으로 건너편 거리를 바라보며 미즈시마는 중얼거린다.

그의 겉모습은 여전히 펑크 패션이다. 아무리 봐도 역시 우수한 외과의사로는 보이지 않는다. 중년도 지났는데 점점 더 과격함과 매서움이 늘어나서, 가게 안에서는 그것이 겉으로 드러나 있다.

"진보초가 프랑스인이 보기에는 일본의 카르티에 라탱*인 모양이야."

"카르티에 라탱이라니, 그립군."

다몬과 구로다가 이야기를 나눈다.

"아, 그렇지. 너도 책과 관련된 이야기가 있지 않을까?"

오노에가 미즈시마에게 아까 화제가 되었던 흔적본과 중고 레코드 이야기를 다시 한번 해 주었다.

"아하, 그거 재미있군."

미즈시마는 신음 비슷한 소리를 냈다.

"책이라……."

그는 잠시 생각하다가, 갑자기 얼굴을 들고 말을 이었다.

"책 자체에 대한 이야기는 아니고, 괴담도 아니지만, 요전에 읽은 오스트레일리아의 추리소설에 '야, 이거—' 하고 생각한 게 있어서……."

"오스트레일리아?"

"일본에서는 옛날부터 방화를 중죄로 취급했잖아?

---

* 프랑스 파리의 센강 좌안에 위치한 지역으로, 파리대학을 중심으로 한 대학가. 중세 시대부터 유럽 각지에서 학생들이 유학을 왔는데, 그렇기 때문에 프랑스 혁명이 일어나기 전까지 라틴어로 수업이 이루어졌고, 그래서 카르티에 라탱(라틴어 지구)이라는 명칭이 붙었다.

어쨌든 지금도 종이와 나무로 되어 있는 집이 많으니까 말이지. 에도 시대*에는 가뜩이나 큰불이 자주 나서 집을 잃은 사람들이 많았어. 당시 방화 같은 걸 저지른 자는 바로 사형이었지."

"그래."

"그런데 오스트레일리아에서도 방화는 끔찍한 중죄야. 그 나라는 날씨가 건조하고 강수량이 적은 데다, 유칼립투스 같은 나무는 원래 기름을 함유하고 있으니까, 일단 불이 나면 큰불로 번지게 마련이지. 그 나라는 안 그래도 산불이 잦아서 큰일인데."

"그렇군."

"국가나 풍토에 따라 죄의 무게가 달라지는 것도 재미있다고 생각해."

"실제로 제2차 세계대전 때 미국이 일본에 떨어뜨린 소이탄이란 것도 종이와 나무로 된 집을 불태우는 데 특화하여 개발된 거잖아?"

다몬이 묻자, 미즈시마는 고개를 끄덕였다.

"소이탄은 악명 높은 네이팜탄과도 연결되어 있지. 베트남의 정글을 불태우기 위해 고온으로 오랫동안 연소하도록 '개량'된 거니까."

---

* 도쿠가와 이에야스(德川家康)가 세운 에도(현재의 도쿄) 막부가 일본을 통치한 시기(1603~1868).

"네이팜탄은 이제 금지되지 않았나? 소이탄과는 어떻게 달라?"

"네이팜탄은 옷이나 인체를 불태우기 쉬운 데다, 물로는 그 불을 끌 수 없어. 특수한 약제가 들어 있는 소화제가 아니면 끌 수 없지. 엄청난 고온으로 오랫동안 불타니까 산소를 아주 많이 먹어 버려. 그래서 불에 타지 않더라도, 그냥 가까이 있기만 해도 산소 결핍으로 죽게 돼."

"지독하군."

"그러고 보니 진보초는 미군이 공습을 피한 곳이래."

다몬이 끼어들었다.

"그게 정말이야? 교토와 나라를 피했다는 이야기는 들은 적이 있지만."

미즈시마는 의심을 숨기지 않는다.

"원폭 투하 예정지에 원래는 교토가 들어 있었는데 제외시켰다는 거야. 그게 사실이라는 설과 단순히 시계 불량이라 그만두었다는 설이 있는 모양이야."

"진보초가 불타지 않은 건 단순한 우연이라는 의견도 있는 것 같아."

"그럴지도 모르지. 하지만 용케 살아남았어. 일본 가옥이 종이와 나무로 된 집이라면, 결국 진보초는 종이의 거리니까."

"확실히 종이의 거리이긴 하지."

모두 바깥 거리를 내려다보았다. 일설에는 진보초 전체에 천만 권의 장서가 있다고 한다. 그 종이의 무게, 역사의 무게가 거리에 묵직하게 부하를 걸고 있는 듯이 보이는 것은 기분 탓일까.

7

"어딜 가는 거야? 여기는 더 이상 진보초가 아닌데."

비어홀을 나와 얼큰히 취한 중년 남자 4인조는 산세이도 서점 진보초 본점 앞을 지나 골목으로 들어간다.

날은 완전히 저물고, 비는 겨우 잦아들고 있었다.

"재즈 찻집."

오노에가 심드렁하게 대답했다.

"이런 곳에 그런 게 있어?"

"응, 카레도 맛있어."

"카레와 커피. 간다의 기본이지."

어두운 골목길을 걸어가자, 아담한 비즈니스호텔 1층에 그 가게가 있었다.

미리 듣지 않았다면 그곳에 가게가 있다는 것은 좀처럼 알아차리지 못할지도 모른다.

안에 들어가자 요란한 테너 색소폰 소리가 얼굴을

때린다.

벽 앞에 놓인 한 쌍의 거대한 스피커 앞에 테이블 몇 개가 상쾌할 만큼 질서정연하게 놓여 있어서, '듣기'를 목적으로 삼고 있다는 것을 짐작할 수 있다.

"우와, 진짜 재즈 찻집이다."

스피커 정면에 있는 테이블에 자리를 잡는다.

"나는 카레를 먹을래."

메뉴를 보면서 오노에가 중얼거린다.

"에헤? 넌 여전히 잘 먹는구나."

"나는 밥 빼고 카레만 먹고 싶은데."

다몬이 중얼거리자, 구로다도 "그거 좋다." 하면서 같은 것을 주문했다.

존 콜트레인[*]의 「블루 트레인」.

"으음, 역시 좋군."

다몬이 중얼거리자, "그렇지?" 하고 오노에가 기쁜 듯이 말했다.

모든 게 BGM[**]화되고 있는 세계에서 이렇게 일부러 레코드를 '듣는' 것은 오히려 신선하게 느껴진다.

네 사람은 한동안 커피와 카레를 느긋하게 맛보면

---

[*] John Coltrane(1926~1967): 미국의 재즈 색소폰 연주자, 작곡가.
[**] Back Ground Music(배경음악)의 약자. 우리나라에서는 BGM을 문자 그대로 읽어 '브금'이라고 발음하기도 한다.

서 소리의 샤워를 즐겼다.

"용케 계속되고 있군."

미즈시마가 중얼거렸다.

"뭐가?"

오노에가 접시에 담긴 카레를 스푼으로 신중하게 뜨면서 묻는다.

"이 모임 말이야. 커피 괴담."

미즈시마는 테이블 위의 커피잔을 바라본다.

"계속된다고 해 봤자 이제 겨우 세 번째인걸."

"세 번 계속된 것만도 대단한 거지."

"흔히 '삼세번'이라고 하잖아. 앞으로가 문제야."

오노에는 싱글싱글 웃으면서 되받았다.

"하지만 꽤 즐거워."

다몬이 태평스럽게 끼어든다.

"아무래도 좋다고 말하는 건 뭣하지만, 이렇게 아무래도 좋은 이야기를 하니까 모임이 계속되는 건지도 몰라. 나는 뭔가 무서운 이야기가 없나 하고 찾게 됐어."

모두 의표를 찔린 듯한 표정을 지었다.

"뭐, 그렇지. 확실히 일을 잊을 수 있어서 좋아."

구로다가 동의했다.

"일과 관련된 이야기도 있었지만."

하하하, 하고 모두 가볍게 웃었다.

"하지만 애당초 이건 우리가 다카마쓰에 갔을 때부터 시작된 거잖아? 설마 오늘도 그때처럼 나한테 뭔가 각성을 촉구하려는 원대한 계획이 있는 건 아니겠지?"

다몬이 갑자기 놀란 듯이 친구들을 둘러보았기 때문에, 모두 "아니, 아니야." 하면서 손사래를 쳤다.

언젠가 야간열차로 다카마쓰까지 가서, 다몬이 안고 있던 문제를 모두 함께 해결해 준 적이 있었다.

"그건 특수한 경우였어. 우리 모두 일생일대의 연기를 펼쳤지. 그런 일은 좀처럼 할 수 없어. 그런 역할은 넌더리가 나. 뭐, 그건 그것대로 재미있었지만 말이야."

오노에가 어깨를 으쓱해 보였다.

"나도 무서운 이야깃거리 없냐고 묻는 버릇이 생겨서, 간호사나 동료들이 기분 나빠해. 사실 무섭기로 말하면 내가 현실에서 하는 일이 훨씬 더 무섭지만."

미즈시마는 쓴웃음을 지었다.

"그래. 현실이 더 무섭고, 영문을 모를 때가 많아. 어쩌면 그래서 설명할 수 없는 일에 더욱 끌리는지도 모르지."

구로다가 맞장구를 친다.

"가게는 불가사의해."

다몬이 작게 웃었다.

"지금까지 간 찻집은 어디든 독특한 분위기가 있었

잖아. 작은 가게라 해도, 그 안에만큼은 제각기 다른 세계가 있어. 우리는 그런 '장소'의 힘을 빌려서 괴담을 이야기하고 있는 거야. 아니, 이야기한다기보다……."

다몬은 여기서 말을 끊고 고개를 갸웃거린다.

"뭐랄까…… 초빙하고 있다고나 할까, 그런 느낌."

세 사람이 의아한 눈으로 다몬을 바라보고 있었다.
"아니, 왜? 내가 뭔가 이상한 말을 했냐?"
다몬은 당황하여 친구들의 얼굴을 둘러본다.
"아니, 이상하진 않지만……."
오노에가 크흠 하고 헛기침을 하고는 말을 이었다.
"다몬, 역시 너는 이따금 무서운 말을 해. 잠깐 다른 세계에 한 발을 들여놓는달까."
다몬은 심드렁하게 혼잣말처럼 말을 잇는다.
"초빙한다…… 확실히 괴담에는 그런 점이 있어. 혼자서는 할 수 없고, 괴담을 주고받는 장소에는 무언가가 끌려오게 되지. '햐쿠모노가타리'*는 바로 그것을 목적으로 하는 거고."
"그럼, 지금 우리도 무언가를 초빙하고 있는 건가?"
미즈시마가 회의적인 표정으로 가게 안을 휙 둘러보았다.

회사원으로 보이는 무리와 혼자 술잔을 기울이는 손님이 몇 명 보인다.

모두 음악이나 이야기에 몰두해 있다.

도회지의 한 모퉁이에 있는 가게 어디에서나 볼 수 있는 광경이다.

"글쎄, 어떨까."

다몬은 고개를 갸웃거리더니 말을 이었다.

"하지만 여기저기서 여러 사람이 괴담을 하고 있다면, 초빙을 받은 술자리가 많아서 어디로 갈까 망설이고 있는지도 몰라."

"그건 무슨 논리인지 잘 모르겠군."

구로다가 어이없다는 듯이 말했을 때, 가게 안의 전화가 울리기 시작했다.

종업원이 수화기를 들고 뭔가 이야기를 하고 있지만, 알아듣기 어려운지 몇 번이나 되묻고 있다.

하지만 수화기를 내려놓고는 빠른 걸음으로 다가와서 테이블에 앉아 있는 회사원 무리에게 말을 걸었다. 모두 고개를 가로젓고 있는 것이 보이고, 이어서 종업

---

* 百物語. 일본의 전통적인 놀이의 하나로, 밤에 사람들이 한자리에 모여 100개의 촛불을 켜 놓고 차례대로 괴담을 이야기하는데, 한 사람이 이야기를 마칠 때마다 촛불 하나를 끄며, 마지막 100번째 촛불이 꺼지면 괴이한 현상이 일어나거나 요괴가 나타난다고 한다.

원은 다몬 일행이 있는 테이블로 다가왔다.

"저어, 손님 중에 다몬 씨라는 분이 계십니까?"

모두 얼굴을 마주 본다.

아니, 그렇다기보다 나머지 세 사람이 다몬을 바라보았다고 말하는 게 옳다.

"아, 네, 내가 다몬인데요."

정신을 차리고 보니 그렇게 대답하고 있었다.

"전화 왔습니다."

"나한테?"

다몬은 자신을 가리켰다.

왜 또 이런 곳에, 왜 이 가게로? 내가 이 가게에 있다는 것을 어떻게 알았을까?

"네, 외국인인 것 같습니다. 잘 알아들을 수는 없었지만, 다몬을 불러 달라고 말씀하신 것 같습니다."

종업원도 곤혹스러운 표정이다.

여우한테 홀린 듯한 기분으로 다몬은 카운터 쪽으로 가서 수화기를 들었다.

귀에 날아들어 온 것은 와글거리는 어느 거리의 소음이었다.

도회지. 하지만 일본은 아닌 듯한 기분이 든다.

어디일까. 미국? 유럽? 아니면—

갑자기 쌕쌕거리는 숨소리가 귀에 날아들어 왔다.

뭐야, 이건?

다몬은 저도 모르게 수화기를 고쳐 쥔다.

흔히 있는 장난 전화의 헐떡이는 소리가 아니라, 어딘지 모르게 괴로운 듯한 숨소리다.

상대는 노인인 듯한 기분이 들었다.

뭐라고 소곤소곤 중얼거리고 있지만, 알아들을 수가 없다.

"여보세요? 누구시죠?"

일단 일본어로 물어본다.

대답은 없고, 우물우물 입안에서 뭐라고 웅얼거리고 있다.

"여보세요? 쓰카자키입니다. 쓰카자키 다몬인데요."

여기서 다몬은 목소리를 높였다.

"댁은 누구세요?"

콜록콜록, 목구멍 속에서 기침하는 소리.

이윽고 띄엄띄엄 들려온 소리는—

"······체크—메이트······."

바싹 마른, 쉰 목소리다.

귀를 찰싹 얻어맞은 듯한 충격을 느낀다.

뭐야, 방금 그 말은? 정말로 체크메이트라고 했나?

다몬은 패닉에 빠졌다.

그때 전화가 끊겼다. 공중전화에서 걸었는지 뚜우—, 뚜우—, 뚜우—, 하고 오랜만에 듣는 무기질 소리가 계속 울리고 있다.

아연해진 다몬은 수화기를 내려놓고 비틀거리며 테이블로 돌아왔다.

"누구였어?"

"네가 여기 있는 걸 어떻게 알았지?"

친구들은 저마다 묻지만, 다몬은 심드렁하다.

초빙. 우리는 무언가를 초빙하고 있다—

아까 자신이 한 말이 몸속을 맴돌고 있었다.

그러자 이번에는 주머니 속의 휴대전화가 진동했다.

흠칫 놀라서 전화기를 꺼낸 다몬은 발신자의 이름을 보고는 깜짝 놀란다. 회사 임원이다.

"잠깐 전화 받고 올게."

다몬은 전화를 받으면서 가게 밖으로 뛰쳐나갔다.

8

"뭐야? 뭐야?"

"도대체 무슨 일이야?"

여전히 여우한테 홀린 듯한 얼굴로 돌아온 다몬에게 모두 캐묻는다.

"아니, 그게……."

다몬은 안절부절못하다가, 말을 이었다.

"뭔가 나쁜 소식인 줄 알았는데, 내가 만든 앨범이 해외에서 상을 받은 모양이야."

"오호, 그건 축하할 일이잖아."

"그래미상*이야?"

모두의 얼굴에 분명 안도하는 표정이 떠올랐다.

"아니, 그건 아니고, 나도 몰랐지만 현대음악에 주는 상인 모양이야."

"현대음악? 너 그런 거 만들고 있었어?"

오노에가 놀란 표정을 짓는다.

그가 놀라는 것도 당연하다. 현대음악이라면 대중음악을 제작하고 있는 다몬보다는 작곡가인 오노에에게 훨씬 더 가까운 분야다.

"현대음악을 만들 작정은 아니었는데."

"뭐야, 그건."

"어쨌든 잘됐다. 우리, 건배하자, 건배."

미즈시마가 종업원을 불러 샴페인을 주문한다.

---

* 미국 레코딩 아카데미에서 주최하는 세계 최고 권위의 음악상.

체크메이트— 초빙한다— 이 자리에, 이야기되고 있는 곳에.

쨍그랑하고 울리는 유리잔 속의 거품을 보면서도 다몬의 머릿속에서는, 아까 수화기 너머로 들려온 소음과 자기가 한 말만 계속 맴돌고 있었다.

커피 괴담
IV

1

 땡— 하고 갑자기 귓가에서 괘종시계가 울렸기 때문에, 다몬은 흠칫 놀라서 저도 모르게 허리를 곧게 폈다.
 "오호, 『도구라 마구라』군."
 오노에가 그렇게 중얼거린 것은, 저 유명한 유메노 규사쿠*의 괴작 『도구라 마구라』의 첫 장면에서 괘종시계가 울리는 것을 연상했기 때문일 것이다.
 "깜짝 놀랐잖아."
 다몬은 가슴을 쓸어내렸다.
 옆에 괘종시계가 있는 것을 미처 알아차리지 못한 것이다.
 "우리 어릴 때는 어느 집에나 대개 괘종시계가 있었는데."
 "30분에 한 번 울리고, 나머지는 시각 수만큼 울렸어. 뜻밖에 계속 울리는 거지."
 "부모님이 받침대에 올라가서 태엽을 감곤 했지."
 "그래. 그때가 그립군. 유리문을 열고 태엽을 감았는데, 어렸을 때는 태엽을 감는 게 얼마나 부러웠는지 몰

---

* 夢野久作(1889~1936): 일본의 작가, 시인. 1920~30년대 일본을 대표하는 미스터리 작가로, 1935년에 발표한 『도구라 마구라』는 '일본 추리소설 3대 기서(奇書)'의 하나로 꼽힌다.

라. 시계가 기울어지면 추가 잘 흔들리지 않으니까 똑바로 세워 두기도 하고."

이런 이야기를 소곤소곤 나누고 있을 때, 은색 포트에 담은 커피가 각자에게 날라져 왔다.

비탈길 중간에 있는 참으로 고전적인 서양식 건물 안의 찻집이다.

담쟁이덩굴이 얽혀 있는 벽, 철제 격자가 들어가 있는 창문, 고가구, 고풍스러운 조명.

어린 시절에 읽은 외국 그림책 속으로 들어간 듯, 그리운 느낌이 드는 가게다.

웨이터는 하얀 깃닫이 셔츠에 검은 단추가 달린 제복, 웨이트리스는 하얀색과 파란색의 줄무늬 블라우스에 검은색의 긴 스커트. 종업원의 복장도 역시 고전적이다.

격식을 차려야 하는 곳을 질색하는 다몬은 그만 어색해서 안절부절못한다.

"그럼 이번에도 선언해 둘까?"

각자 주문한 커피가 모두 앞에 놓이고 웨이트리스가 물러가자, 오노에는 친구들을 둘러보며 동의를 구한 뒤에 두 팔을 벌리고 말했다.

"커피 괴담에 잘 오셨습니다."

"정말이야? 언제나 그런 식으로 선언했어?"

구로다가 어이없다는 얼굴로 묻는다.

"그럼."

"네가 처음부터 함께한 건 오랜만이니까."

미즈시마가 고개를 끄덕이면서 중얼거린다.

깊어 가는 가을, 음력 시월의 따뜻한 오후.

다몬과 친구들은 고베의 번화가에 있었다.

부정기적으로 개최되는 모임, 찻집을 순례하면서 괴담을 주고받는다. 교토, 요코하마, 진보초 등 오래된 거리에서 거듭해 온 이 모임도 문득 깨닫고 보니 벌써 네 번째다.

"뭐니 뭐니 해도 고베는 이 모임에 잘 어울려. 어쨌든 일본 커피 문화의 발상지니까 말이야."

오노에가 힘주어 말하자, "그래? 난 몰랐어." 하고 다몬이 중얼거렸다.

"고베는 여러 가지 것의 발상지잖아? 마라톤이라든가 재즈라든가 바움쿠헨*이라든가."

커피를 홀짝거리면서 구로다가 말한다.

"그런가? 유하임이라든가 모로조프는 고베에 있는 제과점이지."

"모로조프는 일본에서 처음으로 밸런타인 초콜릿을

---

* 독일에서 유래한 케이크로, 원통 모양에 나이테 같은 무늬가 있어서 바움쿠헨(나무 케이크)이라는 이름이 붙었다.

팔기 시작한 곳이야."

"확실히 거리를 걷고 있으면 제과점을 발견하는 빈도가 이상하게 높더라고."

"어디나 다 맛있어 보이던데."

"그게 뭐였더라? 생크림이 들어 있는 전병 같은 과자······."

"고프르겠지."

"그것도 고베가 발상지야."

"후게쓰도*는 본점이 고베에 있나?"

"아니야. 창업은 도쿄의 교바시에서 했고, 우에노와 고베에 있는 가게는 본점에서 오래 일한 종업원에게 차려 준 분점인 모양이야."

한바탕 이런 이야기가 오간 뒤, 오노에가 "여기는 누가 시작하지?"라고 물으며 친구들을 둘러보았다.

"으음, 그러면 모처럼 일찍 왔으니까 나부터 시작할게."

드물게 구로다가 손을 들었다.

한창 일할 때인 현역 검사가 이렇게 대낮부터 이 유별난 모임에 참가할 수 있었던 것은 마침 그가 출장으로 이곳에 체류하고 있었기 때문이다. 어정쩡하게 오후 시간이 비었는데, 도쿄로 돌아가기에는 시간이 부

---

* 風月堂. 1897년에 개업한 제과점. 고프르는 이 업체가 개발한 시그니처 제품이다.

족한 날을 골라서, 늘 모이는 멤버인 다몬과 오노에와 미즈시마를 이곳으로 불러 모은 것이다.

"이 가게가 비탈길 중간에 있어서 생각이 났는데······."

구로다는 창밖을 힐끗 바라보았다.

확실히 이 가게는 유명한 비탈길의 중간에 있다. 고베라는 도시는 산과 바다 사이에 길게 뻗어 있고, 철도를 경계로 산 쪽과 바다 쪽으로 명쾌하게 나뉘어 있다. 산 쪽은 간사이에서는 '스지(筋)'라고 부르는, 세로로 난 길이 모두 비탈로 되어 있고, 비탈을 올라가면 정면은 산이다.

"내 동료가 가나가와에 사는데, 심야에는 당연히 택시를 타고 귀가해야 해."

구로다가 말하고는, 커피잔을 입에 댄 뒤 잠깐 사이를 두었다가 이야기를 계속했다.

"그런데 택시가 다니는 길에 긴 비탈길이 있고 그 중간에 커브가 있는데, 하루는 그 비탈길 중간에 한 남자가 서 있는 걸 보았대."

"유령인가?"

오노에가 끼어든다.

"아니, 그건 몰라. 어쨌든 길이 구부러지는 곳이니까 택시도 당연히 감속하겠지. 거기에 전신주 가로등이 있는데, 그 불빛 아래에 어떤 남자가 등을 돌리고 서 있더래."

"흐음, 오줌이라도 누고 있었나?"

"내 동료도 그렇게 생각했나 봐. 하얀 와이셔츠에 바지를 입은 전형적인 회사원 차림이었던 모양이고."

"흐음."

"그런데 또 얼마 후 한밤중에 같은 길을 지나가게 되었는데, 역시 같은 장소에 같은 남자가 서 있었다는 거야."

"으음, 그건 너무 싫은데."

"같은 차림에 같은 자세. 아무리 봐도 지난번에 본 남자와 똑같아 보이더래. 하지만 한밤중이잖아? 아무래도 이건 이상하다고 생각했대."

"그야 그럴 테지."

"그런데 얼마 후 또 택시로 귀가할 때, 그 남자가 생각나서 돌아가는 루트를 바꿨대."

"아니, 왜 또?"

"그 남자를 또 보게 되면 안 된다고 생각한 모양이야."

"이해해. 또 있으면 당연히 싫겠지."

다몬은 그 장면을 상상했다.

한밤중에 기진맥진한 채 택시 좌석에 몸을 맡기고 있다. 서서히 비탈길이 다가온다. 그러자 그 남자가 생각나서 가슴이 두근거리기 시작한다. 비탈길을 오르는 택시. 앞쪽에 구부러지는 길모퉁이가 보이고, 택시가 속도를 늦춘다. 흐릿한 가로등 불빛. 그 불빛 아래에 하얀 셔츠가 어렴풋이 떠오른다. 가슴이 덜컹 내려앉고, 심장이 옥죄인 것처럼 오그라든다. 우와아, 싫다, 싫어.

저도 모르게 절레절레 고개를 젓는다.

"비탈길은 묘하게 무서워."

미즈시마가 중얼거린다.

"「D 언덕의 살인사건」.*"

"당고자카** 겠지."

에도가와 란포의 유명한 작품을 예로 들자, 곧바로 오노에가 덧붙인다.

"당고자카도 구불구불해서 도중에 커브가 많아. 꽤 가파른 언덕이야. 비탈길에서 커브가 나오면 누구라도 속도를 줄이잖아. 그때 무언가가 조금씩 떨어져서 길모퉁이에 쌓이는 건 아닐까?"

"뭐가 쌓여?"

"뭐가 쌓이냐고? 그야 뭐 근심 걱정이라든가, 음(陰)의 에너지라든가……."

---

* 일본의 추리 소설가인 에도가와 란포(江戶川亂步, 1894~1965)가 1925년에 발표한 단편 소설. 란포가 창작한 대표적 인물인 명탐정 아케치 고고로가 처음 등장하는 작품이다.
** 団子坂. 도쿄도 분쿄구 센다기에 있는 언덕. 기슭에 당고(경단) 가게가 있어서 이런 이름으로 불리게 되었다고 한다.

"쌓이는 것은 무엇이든 건강에 안 좋아. 쌓일 뿐만 아니라 막히기까지 하면 목숨과 연관되니까. 혈관이든 수도관이든 도로든……."

외과의사인 미즈시마가 말하면 묘하게 설득력이 있다.

2

다몬은 바로 앞에 있는 협탁 위의 작은 램프가 마음에 걸렸다.

연한 파스텔 색조의 도자기 인형 위에 버섯 모양을 한 램프가 달려 있다. 아마 스페인의 유명한 도자기 제조업체에서 만들었을 것이다.

귀여운 소녀가 바위에 걸터앉아 있고, 그 소녀를 비추도록 되어 있는 램프, 그것이 방금 화제가 된 비탈길 도중의 가로등을 연상시킨다.

"뭔가 잃어버려도 계속 되돌아오는 건 없나?"

다몬은 엉겁결에 그렇게 입 밖에 내어 말하고 있었다. 그리고 말한 뒤에야 친구들이 모두 "응?" 하고 놀란 표정으로 자신을 바라보고 있는 것을 알아차렸다.

"뜬금없이 화제를 바꾸는 건 여전하군."

"이 녀석의 머릿속에서는 모두 연속되어 있다니까."

구로다와 미즈시마가 낮은 소리로 중얼거렸다.

"그래서, 그 질문의 요점은?"

오노에가 묻는다.

"장갑이나 우산 같은 건 잃어버리기 쉽잖아? 떨어뜨리기도 하고 어딘가에 놔둔 채 잊고 오기도 하지. 요전에는 장갑 한 짝을 연달아 세 번이나 잃어버린 적이 있어. 그건 꽤 심한 충격이었지. 게다가 잃어버린 건 전부다 오른쪽 장갑이었어. 뭔가 작업을 할 때는 오른손을 쓰게 되고, 그래서 자연히 오른쪽 장갑을 벗기 때문이겠지만."

다몬의 대답에 오노에는 크게 고개를 끄덕였다.

"그래, 맞아. 장갑도 우산도 자주 잃어버리지. 나는 안경도 자주 잃어버려."

"나는 한 번도 물건을 잃어버린 적이 없어."

미즈시마가 단언하듯 말했다.

"정말? 우산도 잃어버린 적이 없다고?"

"없어. 나는 우산을 별로 갖고 다니지도 않지만."

"넌 비에 젖어도 태연한 타입이야?"

구로다가 묻는다.

"물론 처음부터 비가 좍좍 내리고 있을 때는 우산을 쓰지."

"외국인은 우산을 별로 쓰지 않아."

"일본인은 비가 오면 비교적 금세 우산을 써."

다몬은 고개를 끄덕이면서 입을 열었다.

"실은 나도 우산 쓰는 건 좋아하지 않지만, 비가 내리기 시작했을 때 우산이 없는 것도 싫어. 그래서 언제나 접이식 우산을 갖고 다니지."

다몬은 자기가 램프의 '갓'을 보고 '우산'을 연상했다는 것을 깨달았다.

"흐음, 뜻밖인걸."

"왜?"

"왠지 넌 빈손으로 다닐 것 같은 인상이야."

"그래? 하지만 가지고 다녀. 그래서 접이식 우산도 숱하게 잃어버렸지만, 반드시 돌아오는 우산이 딱 한 개 있어."

"버려도 버려도 계속 돌아오는 인형—이라는 단골 괴담이 있지."

"인형은 절대 쓰레기로 버리면 안 돼. 절에 가서 공양물로 바쳐야지."

여러 가지 차가 들어온다.

다몬은 쓴웃음을 지으면서 말을 이었다.

"제일 오래된 접이식 우산이야. 우산 집은 벌써 오래전에 잃어버렸지만, 본체인 우산은 반드시 돌아와. 오래 써서 낡았고 더러워지고 우산살에도 문제가 생겼기 때문에, 새것으로 바꾸려고 산 우산은 모두 잃어버린 채 돌아오지 않는데, 그 낡은 우산만은 잃어버려도 좋다고 생각하는데도 되찾게 돼. 가게 종업원이 '이거 요전에 잃어버리셨죠?' 하면서 돌려주기도 하고, 지방 호텔에 두고 와서는 잃어버린 걸 알아차리지도 못했는데, 그 호텔에서 집까지 소포로 보내 준 적도 있어."

"흐음, 그건 도대체 어찌 된 일일까?"

구로다가 팔짱을 끼었다.

"우산이 너한테 '빙의'되어 있는 거 아냐?"

"신들린 것처럼 우산이 나한테 들려 있다는 얘기군. 글쎄, 오랫동안 사용하고 있으면, 물건에도 차츰 인격이 깃들게 되지."

"하지만 우산이 돌아와 주면 고맙지 않나?"

"그렇긴 하지. 그런데 한번은 한 달쯤 행방불명된 적이 있었어. 술집 순례를 하다가 어떤 가게에 놓고 나와서 그대로 잃어버렸지. 아아, 드디어 잃어버렸구나, 하고 생각했는데, 시내에 출장을 나갔다가 갑자기 소나기를 만났어. 그래서 가까운 편의점에 비를 피하러 들어갔지. 늘 접이식 우산을 갖고 다녔는데, 하필 그때만은 가방에 우산을 넣는 걸 깜빡했거든. 그런데 편의점 입구 우산꽂이에…… 그게 있었어."

"설마."

"어라, 하고 놀라서 가까이 다가가서 자세히 살펴보았지. 하지만 손잡이에 나 있는 상처도 그렇고, 헝겊에 묻은 얼룩도 그렇고, 역시 내가 잃어버린 바로 그 우산이었어."
"그거참 대단하지 않냐?"
"분명 누군가가 가져가서 사용하다가 돌고 돌아서 거기에 잊어버리고 간 거겠지."
"그때 편의점 안에 그 우산을 사용하고 있던 사람은 없었어?"
"아니. 우산은 말라 있었고, 한동안 방치되어 있던 것 같았어. 그래서 나는 고맙게 우산을 쓰고 돌아왔지."
"이거 괴담인가?"
"괴담 아니야?"
"우산이 빙의된 건, 어느 쪽인가 하면 요괴 이야기야."
세 사람은 얼굴을 마주 보고, 남은 커피를 모두 단숨에 마셨다.

3

이른 오후라서 전차는 비어 있었다.
"한큐 전차는 좋군. 세련되고 품위가 있어."
진녹색 헝겊을 씌운 좌석에 나란히 앉는다. 직업이

제각각으로 보이는 중년 남자 넷은 전차 안에서 좀 눈에 띈다. 아니, 이들 네 사람은 어디에 있어도 눈에 띄는 편이지만.

"어때? 이쪽 사건은 해결될 것 같냐?"

오노에가 구로다에게 묻자, 구로다는 얼굴을 살짝 찡그렸다.

"난항 중이야. 사건이 꽤 복잡해."

"다몬이 또 한 번 꿈의 계시를 내려 주면 좋겠구먼."

"난 싫어. 그런 무서운 꿈은 질색이야."

다몬은 당황하여 고개를 저었다.

전에 다몬이 꾼 꿈이 구로다가 다루고 있던 사건을 해결하는 힌트가 된 적이 있었다. 그것은 정말 불가사의한 일이었다. 하지만 다몬은 매번 이 모임에서 불가사의한 체험을 하고 있다.

문득 구로다가 고개를 들고 나직이 중얼거렸다.

"자, 여기 한 여자가 있어."

"사건 관계자야?"

곧바로 미즈시마가 되묻는다. 구로다는 앞을 본 채 대답한다.

"그건 노코멘트. 어쨌든 여자가 있어. 며칠 간격으로 시내의 제과점에 가서 여러 가지 양과자를 사지. 그런데 그걸 먹는 낌새가 전혀 없어. 며칠이 지나면 어김없이 손도 안 댄 과자가 버려지고 있거든. 하지만 또 다른 가게에 가서 과자를 사는 거야."

"몇 살쯤 된 여자야? 뚱뚱해? 아니면 말랐어?"

"나이는 쉰 살쯤. 말랐어. 그런데 왜 그런 짓을 한다고 생각해?"

"블로거나 뭐 그런 사람이라서, 어딘가에 양과자에 대한 평이라도 싣고 있는 게 아닐까? 와인 소믈리에도 와인을 입에 잠깐 머금었다가 금세 뱉어 버리잖아? 과자에 손을 대지 않았다 해도, 한 입이나 두 입 정도는 먹고 있지 않을까? 역시 그걸 전부 다 먹을 수는 없겠지."

"그럴 가능성은 나도 생각해 봤어. 하지만 블로그를 하고 있다거나 양과자에 대한 모니터를 하고 있다는 사실은 없어."

"뭐랄까, 과자가 아깝군. 음식을 낭비하면 천벌 받아. 나한테 주면 전부 다 먹어 줄 텐데."

오노에가 진심으로 아까운 듯이 말했다. 그는 단것을 무척 좋아한다.

"전부 다른 가게야?"

다몬이 묻는다.

"대개는 달라. 하지만 때로는 전과 같은 가게에서 사기도 해."

"종류는? 몽블랑이라든가 초콜릿케이크라든가, 뭔

가에 특화되어 있는 건 없어?"

"없어. 뭐랄까, 정말 닥치는 대로 아무거나 사는 느낌이야. 고르는 과자도, 가게도."

"그러니까 먹는 게 목적은 아니라는 얘기군."

"그렇게 보여."

"포장지는?"

오노에가 물었다.

"과자 포장지나 화장품 상자나 캔 따위를 모으는 사람도 꽤 많아. 나도 그런 걸 잘 버리지 못하는 편이야."

"포장지라……"

구로다는 문득 어떤 생각이 떠오른 듯한 표정을 짓더니, 무언가를 골똘히 생각하고 있었다.

하지만 이내 고개를 가로저으며 말했다.

"아니, 포장지도 매번 버리고 있어. 적어도 포장지를 수집하고 있는 기미는 없어."

"흐음, 그 이유를 알면 사건 해결과 연결되냐?"

"그건 몰라. 하지만 알고 싶어."

"생각해 볼게."

"부탁해."

그때 행선지 역에 도착한다는 방송이 나오고, 모두 자리에서 일어섰다.

4

두 번째 가게는 작은 전철역에서 조금 떨어진 곳에 있었다.

그렇게 큰 역은 아니기 때문인지, 상점들은 역 주위에 모여 있어서, 실질적으로는 주택가 같다. 모토마*에 지점이 있고, 이쪽이 본점이라고 한다.

여남은 명이 들어가면 가득 차는 아담한 가게였다. 손님도 동네의 단골이 혼자 와 있다는 느낌이다. 식사 메뉴가 없기 때문에, 점심을 먹을 겸해서 오는 손님은 없다.

"이거 맛있는데."

커피를 한 모금 마신 미즈시마가 놀란 듯이 고개를 든다.

"버터커피는 어떤 거지?"

다몬은 벽에 붙어 있는 메뉴를 보고 물었다.

"볶은 원두에 버터가 스며들게 한 모양이야."

"감칠맛 나고 맛있는데."

"재미있군. 별의별 커피가 다 있어."

---

* 元町. 고베 도심의 상점가. '원래의 거리'라는 뜻으로, 140년 역사를 가진 거리이며, 창업 100년이 넘는 노포들과 새로 단장한 가게들이 섞여, 300여 점포가 세련된 쇼핑가를 이루고 있다.

"나, 이거 갈아 달라고 해서 집에 가져가야겠어."

미즈시마는 상당히 마음에 든 모양이다.

인테리어는 어두운 톤으로 되어 있고, 목재를 충분히 활용했다.

잠시 커피를 홀짝이는 소리가 들린다.

"좋겠네. 근처에 이런 좋은 가게가 있으면 단골로 다닐 텐데."

이제야 살 것 같은 기분이 들자, 오노에가 어험 하고 헛기침을 했다.

왠지 모르게, 한 가게에서 하나의 괴담을 이야기하는 흐름이 만들어졌다.

"내가 아는 편집자의 이야기인데, 그 사람 어머니가 결혼 전에 홋카이도를 여행했대. 관광지를 돌아보고 있는데, 연못 속에 '행운의 상(像)' 같은 게 있었어. 왜 흔히 있잖아? 머리를 쓰다듬으면 행운이 온다거나, 자기 몸의 상처 난 곳과 같은 부위를 쓰다듬으면 상처가 빨리 낫는다는……."

"그 앞에는 돈을 넣는 새전함이 놓여 있고."

"그래, 그래."

"사람들이 너무 많이 만지니까 닳아서 반들반들해져 있기도 하지."

"바로 그거야. 그래서 어머니는 그 상을 쓰다듬으려

고 했지. 그런데 키가 작아서 한껏 손을 뻗어야 했어. 그렇게 해서 연못 속의 상에 겨우 손이 닿은 것까지는 좋았는데, 그대로 연못에 풍덩 빠져 버린 거야."

"운이 안 좋군."

"'행운의 상'을 만지고 온몸이 흠뻑 젖어 버린 거지. 어찌저찌 옷을 갈아입고 머리를 말리느라 시간이 오래 걸려서, 그만 타야 할 비행기를 놓쳐 버렸어."

"흠흠."

"그 비행기가 바로 그거야. 치토세 공항에서 도쿄로 가던 길에 이와테현 시즈쿠이시 상공에서 자위대 전투기와 충돌한 전일공 비행기.[*]"

모두 오싹 소름이 끼친 듯 얼굴이 핼쑥해졌다.

"에헤, 시즈쿠이시 사고 말이야?"

"햐, 정말로 '행운의 상'이었네."

오노에는 고개를 끄덕였다.

"그 상이 아니었다면 너는 태어나지 못했을 거라고, 어머니가 말씀하셨대."

"으으으, 무서워."

다몬은 부들부들 떨면서 커피를 꿀꺽 마셨다. 그러

---

[*] 1971년 7월 30일 전일본공수(全日本空輸) 여객기와 항공자위대 전투기가 공중 충돌하여 승무원 7명과 탑승자 155명이 모두 사망했다.

고는 말을 이었다.

"왠지 그런 이야기를 들으면, 지금 내가 살아 있는 게 불가사의하다는 기분이 들어."

"그래, 얼마나 행운인가 하는 생각이 들지."

이 감각, 오랜만이군. 다몬은 팔을 쓰윽 문지르면서 그런 생각을 한다.

공포의 공유. 무섭고 친밀하고 그리웠다.

"옛날에 평판이 났던 손해보험 광고, 기억나지 않아?"

구로다가 친구들의 얼굴을 둘러보았다.

"어떤 광고?"

"회사원이 아침에 출근하는 모습을 찍은 건데, 바로 옆을 당구공이 딱 하고 요란한 소리를 내면서 아슬아슬하게 스쳐 지나가. 신문을 읽고 있는데, 바로 옆을 또 다른 공이 굴러가지. 요컨대 우리가 알아차리지 못할 뿐, 일상 곳곳에는 위험이 도사리고 있어서, 언제 공이 나한테 날아와 부딪칠지 모른다는 거야."

"아, 기억나. 엄청 무서운 광고였어. 마지막은 회사원의 모습이 사라졌다가 당구대 포켓에서 기어 나오는 장면으로 끝나지."

"꽤 유명한 광고상도 받았어."

"바로 그런 느낌이야."

네 사람은 잠시 자신들의 행운에 대해 생각하면서

커피를 마셨다.

의외로 빨리 커피를 다 마셔 버리고, 서로의 얼굴을 힐끔거린다.

"왠지 가타타가에*를 하고 싶어졌어."

미즈시마가 미신적인 말을 꺼냈다.

"무슨 말을 하고 싶은지는 알겠어. 그럼 다음 가게는?"

구로다가 물었다.

"다음 역이야."

"그래? 그렇게 가까워?"

"한 정거장이라면 걸어갈 수 있지 않을까?"

"그런 방법도 있나?"

한 사람씩 자리에서 일어나고, 미즈시마가 대표로 계산하러 갔다.

괴담에 정신이 팔려 있었지만, 그는 잊지 않고 집에 가지고 돌아갈 원두커피를 200그램만 갈아 달라고 부탁한다.

과연 물건을 잃어버린 적이 없는 녀석은 다르구나.

버터를 스며들게 하는 방법에 대해 종업원과 이야기하고 있는 미즈시마를 보고, 다몬은 왠지 웃음이 나왔다.

* 方違え. 일본의 풍습으로, 외출이나 여행을 할 때 목적지의 방위(方位)가 나쁘면 일단 방위가 좋은 곳에서 하룻밤 묵고 이튿날 다른 방향에서 목적지로 가는 것을 말한다.

5

 따뜻하고 바람도 없어서, 전철 한 정거장 거리를 걷기에는 딱 좋은 날씨였다.
 그들은 다음 역까지 걸어서 가기로 했다. 다음에 갈 가게는 그 역 근처에 있고, 지도 앱에 따르면 지금부터 걸어갈 도로의 길가에 있는 모양이다.
 오후의 주택가는 인적이 뜸했고, 저마다 다른 차림의 중년 남자 넷은 역시 이 길에서도 상당히 눈에 띄었다. 이따금 현지 주민과 마주치면 모두 네 사람을 보자마자 흠칫 놀란 듯한 표정을 짓는다.
 사람들 사이의 교제라는 건 불가사의하다고 다몬은 생각했다.
 전혀 이해관계가 없는, 사회의 중추를 담당하고 있는 나이 지긋한 남자 넷이 생존이나 이념과는 아무 상관이 없는 기발한 목적으로 이렇게 어깨를 나란히 하고 대낮의 주택가를 걷고 있으니 말이다.
 다몬은 남들 눈에도 허공에 붕 떠 있는 것 같고 미덥지 못해 보이는지, 아주 젊은 시절부터 "정신 똑바로 차려라."라든가, "자기 자신을 다시 찾아라."라든가(애당초 이 모임의 시작은 그런 취지였다), "한 번뿐인 인생이니까 후회하지 않도록 살아라."라는 따위의 말을 여러 사람에게 실컷 들어 왔다.

 인생이란 게 한 번 왔다 가면 그만이라는 것은 인정한다. 고매한 목표를 내걸고 꾸준히 노력하여 멋진 인생, 풍요로운 인생을 걷고 있는 사람은 훌륭하다고 생각한다. 하지만 다몬처럼 가볍고 실체 없는(남들에게는 그렇게 보이는 모양이다) 인생도 역시 인생이다. 다몬은 이렇게밖에 살 수 없으니까, 그것도 역시 한 번뿐이라는 점에서는 다른 '견실한 인생'과 똑같은 가치를 지니고 있지 않을까.

 떨떠름한 기분으로 그런 생각을 하다 보니, 아버지 묘소에 한동안 찾아가 보지 못했다는 데 생각이 미쳤다. 이 모임이 처음 열렸을 때 아버지의 죽음과 정면으로 '마주했을' 터인데, 역시 무의식중에 아버지의 죽음을 없었던 일로 치부하고 있는 자신을 깨닫고 새삼스럽게 쓴웃음을 짓는다.

 그러자 다음 순간, 그의 입에서 또다시 생각도 해 보지 않은 말이 튀어나오고 있었다.

"겐잔구이."

"뭐?"

나머지 세 사람이 동시에 다몬을 돌아본다.

"방금 뭐라고 했어?"

미즈시마가 묻는다.

"겐잔구이."

다몬이 되풀이한다.

"그게 뭔데?"

구로다도 답답하다는 듯이 말한다.

"니가타의 향토 요리에 그런 게 있어."

"알아. 주먹밥에 된장을 발라서 굽는 요리잖아? 요컨대 '구운주먹밥'이지."

오노에가 대답한다. 다몬은 고개를 끄덕였다.

"맞아. 우리 할머니도 그러셨지."

"너희 할머니도 그러셨다고? 뭘 그러셨는데?"

구로다가 묻는다.

모두 빠른 말씨로 따지듯 묻는데, 다몬은 여전히 심드렁하게 대답한다.

"신단이나 불단에 밥을 올리잖아? 길쭉한 굽이 달린 놋그릇 밥공기 같은 것에 볶음밥을 담아서."

"그래, 그런 게 있었지. 괘종시계는 아니지만, 정말 오랜만에 생각났어."

"그런데 신단이나 불단에 올린 밥은 이미 바싹 말랐지만, 버리기는 아깝잖아? 그래서 할머니는 그 밥에다 간장 같은 걸 발라서 구워 드셨어. '이건 겐잔구이야.' 하시면서. 바칠 '겐(獻)'에 남을 '잔(殘)'."

"아아, 그런 거야? 신이 물린 밥을 구워 먹으니까 '겐잔구이'라고 불렀군."

"응, 그래."

"그런데 그건 어디로 연결되지?"

"그러니까 그게 제물이라고."

다몬은 이렇게 말하면서 홱 고개를 돌려 구로다의 얼굴을 바라보았다.

"아니, 왜?"

구로다는 놀라서 눈을 크게 뜨고 껌뻑거린다.

"양과자를 사서 며칠 뒤에 버린다는 여자."

"뭐?"

"아까 전차 안에서 이야기했잖아."

"무슨 뜻인지 모르겠는데."

구로다는 혼란스러운 표정을 지었다.

"그 여자는 단것을 좋아했던 누군가에게 제물을 바치고 있었던 게 아닐까?"

다몬이 말하자, 구로다는 그제야 머릿속에서 이야기의 초점이 맞춰졌는지, 깜짝 놀란다.

"신찬(神饌), 그러니까 신에게 바친 제물에 대해서는 두 가지 사고방식이 있다고 생각해. 신에게 바친 거니까 제물로서 역할은 이미 끝났고, 신이 물린 음식은 먹을 수 있다고 생각하는 경우. 그리고 제물은 신이 먹었으니까 이미 없어진 것으로 여기고 버리는 경우. 그 여자가 어떤 마음으로 과자를 버렸는지는 몰라. 단순히 단것을 좋아하지 않아서 버렸을지도 모르고, 제물을 받은 사람이 먹었다고 생각하고 버렸을지도 모르지."

구로다는 말하고 나서, 진지한 표정으로 생각에 잠겼다.

하지만 순식간에 분하고 화가 치미는 듯한 표정을 지으며 머리를 쥐어뜯기 시작했다.

"제기랄. 그 두 사람은 전혀 접점이 없는 것처럼 보였는데…… 줄곧 서로 모르는 체하고 있었는데…… 사실은 그만큼 깊은 관계가 있었나?"

모두 영문을 몰라서 멍뚱한 얼굴로 구로다를 바라보고 있는데, 구로다가 황급히 전화를 걸기 시작했다.

"먼저들 가. 뒤따라갈게."

구로다는 친구들과 떨어진 채 누군가에게 "여보세요, 나야." 하고 작은 목소리로 말을 걸고 있다.

"대체 무슨 일이지?"

다몬이 어리둥절한 얼굴로 말하자, 오노에가 그의 어깨를 탁 쳤다.

"기뻐해. 이번에도 너의 엉뚱한 발언이 도움이 됐어."

"다몬, 역시 대단해!"

전화에 대고 열심히 이야기하는 구로다를 남겨 두고 세 사람은 걷기 시작했다.

6

 얼마 후, 구로다가 종종걸음으로 그들을 따라잡았다. 그렇게 봐서 그런지, 얼굴이 밝아져 있다.

"괜찮아?"

"혹시 지금 수사하러 가는 거야?"

구로다는 "아니야." 하고 고개를 저었다.

"도쿄 쪽에서 조사해 달라고 부탁했으니까, 오늘은 이대로 함께 지낼 수 있어."

"그거 잘됐군."

"잘된 건 나야. 지금까지 아무 관계도 없다고 생각했던 두 사람에게 접점이 있었다면 이야기가 완전히 달라져. 돌파구가 될지도 몰라."

구로다는 기뻐서 어쩔 줄 모르는 표정이다.

"축하해."

"앗, 저거 하치만신* 아냐?"

다몬은 저 멀리 앞쪽에 새까만 나무들이 모여 있는 곳을 가리켰다.

"그럼 저기가 역인가?"

"그렇다면 이 길에 가게가 있을 거야."

---

* 八幡神. 일본에서 섬기는 신으로, 옛날 무사 집안에서 무운의 신, 즉 군신(軍神)으로 숭배되었다.

지도 앱을 보면서 간선도로로 나가자, 갑자기 교통량이 늘어났다.

"저기다."

오노에가 소리쳤다.

길이 크게 구부러진 곳에 조그맣게 세로로 'COFFEE'라고 쓰인 간판이 보였다.

젖빛 유리가 끼워진 출입문과 창틀이 나무로 되어 있는 소박한 창문.

"귀여운 가게로군."

네 사람이 줄줄이 들어가자, 가게 안쪽에서도 주인과 카운터에 있던 손님이 깜짝 놀란 듯한 표정을 지었다.

"안녕하세요."

'우리는 무서운 사람들이 아닙니다.'라는 의미도 포함하여, 모두 공손하게 인사한다.

가게 내부도 소박했다. 건물 자체는 벽을 하얗게 칠했을 뿐 컨테이너 같은 밋밋한 구조인데, 놓여 있는 의자와 테이블은 저마다 다른 목재를 사용한 골동품이라서, 전체가 이상하게도 조화를 이루고 차분한 분위기를 자아낸다.

골조가 노출되어 있는 천장에 매달린 젖빛 알전구도 좋은 느낌을 준다.

몸집이 큰 편인 네 사람이 구석 탁자에 둘러앉자, 좀

비좁기는 하지만 바꿔 말하면 친밀하다고도 말할 수 있고, 어쨌든 편안하다.

"난 케이크 먹을래."

메뉴를 보면서 오노에가 중얼거렸다.

"그러고 보니 너 오늘은 아직 단것을 먹지 않았구나."

"실은 참고 있었지만, 과자 공양 이야기를 듣고 역시 먹어야겠구나 싶어서."

"그건 또 뭐야?"

"나도 돌파구가 열렸다 싶으니까 배가 고파. 핫샌드위치를 먹겠어."

"그거 좋지."

한동안 네 사람은 주문한 케이크와 핫샌드위치를 집어 먹는다.

"이런 건 보기 드문데. 이 크림은 나라도 오케이야. 묘하게 맛있군."

핫샌드위치 조각에 생크림이 곁들여져 있는 것을 먹으면서 미즈시마가 중얼거렸다.

"배가 웬만큼 진정되었으니, 이번엔 누구 차례지?"

오노에가 친구들을 둘러본다.

"나야."

미즈시마가 손가락에 묻은 생크림을 핥으면서 손을 들었다.

"고등학교 때 같은 반이었던 여자애 이야기인데, 요전에 우연히 오랜만에 만났어. 옛날에 반에서 친하게 지낸 아이들끼리 모이자 해서, 몇 명이 만나 술을 마셨지. 그때 들은 이야기야."

커피를 한 모금 마시고 이야기를 계속한다.

"그 여자애 아버지는 대학교수였어. 전공이 뭐였더라, 역사학인지 민속학인지 그런 거였는데, 그 애가 대학생일 때 아직 젊은 나이에 병으로 돌아가셨대. 멋쟁이에다 뭐든지 잘하고, 인품도 훌륭해서 그 애도, 그 애 언니도, 그리고 그 애 엄마까지 모두 아빠를 무척 좋아했대. 아버지가 더 이상 살 수 없다는 것을 안 뒤로는 교대로 병원에 다녔고, 결국 돌아가셨을 때는 이 세상이 끝난 줄 알았대."

"세상에는 그런 아버지도 있구나!"

이혼 경험이 있는 구로다가 낮은 소리로 중얼거린다.

미즈시마는 쓴웃음을 지으면서 구로다의 어깨를 탁 쳤다.

"그 애 아버지는 젊었을 때부터 줄곧 검도를 했고, 도장에 가지 않게 된 뒤에도 아침마다 목검 휘두르는 것을 거르지 않았대."

"멋진 아버지군."

"딸이 파더 콤플렉스를 갖게 되는 것도 이해가 돼."

다몬과 오노에가 끼어들어 훼살을 놓는다.

미즈시마는 말을 이었다.

"그래서 입관할 때는 애용하던 목검을 관에 넣어 주려고 모두 함께 찾아보았지만 보이지 않았대. 돌아가시기 전에는 오랫동안 병원에 입원해 있었고, 그래서 한동안 목검을 사용하지 않았기 때문에 어딘가에 넣어 두었나 하고 아버지의 서재를 샅샅이 뒤져 봤지만, 어디에도 없는 거야. 장례식은 점점 다가오고, 시간이 없어서 결국 포기했대."

미즈시마는 어깨를 으쓱한 뒤, 다시 입을 연다.

"그래서 장례식을 끝내고, 여러 가지 뒤처리를 하고 모두 함께 집으로 돌아왔는데, 현관문을 열었더니……."

여기서 잠깐 사이를 두었다가, 다시 이야기를 계속한다.

"그렇게 찾아도 보이지 않던 목검이 현관으로 들어가면 바로 보이는 벽에 떡하니 세워져 있더래."

"에에?"

"아니, 어떻게?"

"그럴 수가!"

셋이 모두 소리를 지른다.

"물론 모두 깜짝 놀랐지만, 그 애 언니가 '이건 분명 아버지가 우리 집에 여자만 사는 것을 걱정해서 우리를 지켜 주시려는 거야.' 하고 말해서 모두 엉엉 울었대."

"으응, 무섭지만 좋은 이야기군!"

"그런 이야기는 눈물이 나."

"그거, 집이 비었을 때 도둑놈이 들어와서 집 안을 어질러 놓고 갔다거나, 그런 거 아냐?"

다몬이 참으로 멋대가리 없는 의문을 던졌지만, 모두 깨끗이 무시했다.

7

"날씨 좋은데."

"정말이야. 어제도 오늘도 산책하기 좋은 날씨여서 좋았어."

햇빛이 눈부시고, 시야 끝에 바다의 기운이 짙게 감돌고 있다.

"오후부터는 날씨가 나빠지는 모양이지만, 돌아갈 때까지만이라도 이런 날씨가 계속되면 좋겠는데."

"그러게."

"요코하마와는 또 분위기가 좀 다르군."

"에도 시대 말기에 외국에 개항한 것은 같지만, 원래 이쪽은 옛날부터 항구도시였고……."

바닷가 간선도로를 휘청휘청 걸으면서 다몬과 오노

에는 그런 대화를 나누고 있다.

"어젯밤에는 오랜만에 넷이 다 모여서 꽤 마셨지."

"다들 마시는 속도가 너무 빨랐어."

이 모임에서 시작부터 저녁 식사까지 네 명이 함께 한 것은 정말 오랜만이었다. 그래서 모두 신이 났는지, 저녁에는 육교 밑에 있는 노포 이자카야*, 역시 노포인 재즈 라이브 하우스, 또 다른 노포인 칵테일 바를 차례로 돌면서, 계속 들뜬 상태로 술을 마시게 되었다.

"하지만 오랜만에 재즈 보컬을 들어서 즐거웠어."

"나도 그래. 순수하게 즐길 수 있었지."

레코드 회사의 프로듀서와 작곡가라는 직업상, 두 사람이 음악을 듣는 것은 거의 다 일과 관련되어 있다. 단순한 손님으로 라이브 하우스에 가는 것은 둘 다 드문 일이었다.

"오늘 아침에는 괴담을 하지 못했어. 어딘가에 가서 해야 하지 않을까."

오노에가 한숨을 쉰다.

오늘 아침에는 네 사람이 아침 식사를 겸하여 모토마치의 아케이드가(街)에 있는 노포 찻집에 들어갔지만, 미즈시마도 구로다도 출발 시간이 임박해 있어서,

---

* 居酒屋. 술과 간단한 요리를 제공하는 음식점.

허둥지둥 커피를 마시고 그곳의 명물인 핫케이크를 먹는 게 고작이었기 때문에 괴담을 할 형편이 아니었다.

"유서 깊은 정통 핫케이크였어. 버터가 올려져 있고, 메이플시럽이 작은 금속 그릇에 담겨 있고."

"상상한 대로의 맛인데, 정말 맛있더군."

허둥지둥 떠나는 두 사람을 배웅하고, 다몬과 오노에는 두 번째 찻집에 가기 위해 바다 쪽으로 나온 참이었다.

"두 사람은 여전히 바쁜가 봐."

"반대로, 아무리 봐도 한창 일할 나이인데 한가해 보이는 의사나 한가해 보이는 검사가 있으면 어떻겠어? 이 사람들은 왜 이렇게 한가할까, 하고 생각하면 은근히 무섭지 않을까?"

"하긴 그래. 그쪽은 그쪽대로 뭔가 문제가 있을 것 같은 기분이 들어."

해변 한 모퉁이에 오래되고 개성적인 건물들이 늘어서 있어서, 어딘지 모르게 복고적인 분위기가 남아 있었다.

어느 건물이나 리모델링이 잘 되어 있고, 구제 옷 가게나 갤러리 같은 세련된 점포들이 입주해 있다.

해안을 따라 뻗어 있는 도로로 나왔다.

수십 미터 앞에 있는 위엄 있고 훌륭한 석조 건물이 눈에 들어온다.

"아마 저 건물일 거야, 다음 찻집이 있는 곳은."

"저것도 확실히 옛날에 지은 훌륭하고 멋진 건물이군."

"메이지 말기에 지어진 모양이야."

"그리스풍이랄까, 뭐랄까."

당당한 현관 상부에 건물 이름이 걸려 있다. '빌딩'이라는 로고가 참으로 고풍스럽다.

"잠깐 안에 들어가 볼까?"

중앙부가 막힘없이 뚫려 있고, 그 주위를 계단과 복도가 둘러싸는 구조로 되어 있었다. 천장에 커다란 유리창이 있고, 푸른색 스테인드글라스가 끼워져 있다.

"멋진데."

"아름다워."

대충 눈요기를 끝낸 뒤, 건물 뒤쪽에 있는 가게에 들어갔다. 찻집인데, 술과 안주도 팔고 있다.

다몬은 카페오레, 오노에는 블랙커피를 주문했다.

"……B 플랫."

"이거?"

다몬의 중얼거림에 오노에가 즉석에서 반응하여, 콧노래로 B 플랫 음을 냈다. 오노에는 절대음감을 가지고 있다.

"이게 왜? 괴담이야?"

"괴담……은 아닐지도 몰라."

"뭐, 좋아. 어서 얘기해 봐."

오노에가 너그럽게 재촉한다.

"아카사카*에 이따금 가는 술집이 있는데, 거기서 가끔 B 플랫 음이 들려."

"뮤직바는 아니고?"

"응. 음악은 전혀 나오지 않는 조용한 술집이야. 음악 관계 일을 하고 있으면 아무것도 듣고 싶지 않을 때가 있잖아? 그럴 때 혼자 가는 가게야."

"알겠어."

"그런데 다른 손님이 아무도 없을 때라든가 다른 손님도 혼자 마시고 있어서 조용할 때, 이따금 그 소리가 들리는 거야."

"무슨 악기 소리야?"

"모르겠어. 사람 목소리인 것 같기도 하지만, 아주 가냘픈 소리여서 무슨 소리인지 알 수가 없어. 그냥 네 박자 정도 '아—' 하고 울리다가 멈춰 버려."

"유령인가?"

"무언가의 소리일 거라고 생각해서, 한번은 종업원들한테 '무슨 소리가 나지 않아요?' 하고 물어봤지만, 모두 고개만 갸웃거릴 뿐 들리지 않는다는 거야."

---

* 赤坂. 도쿄 시내에 있는 번화가의 하나.

"유령이네."

오노에는 기쁜 듯한 표정을 짓는다.

"나한테만 들리나 싶기도 하고, 혹시 환청이 아닐까 하는 생각도 했지만, 뭐 아무려면 어떠냐 싶어서."

"흠흠."

"하지만 몇 번 그 가게에 다니다가 알아차렸는데, 그 소리는 내가 카운터의 특정한 자리에 앉았을 때만 들린다는 거야."

"의자에 달라붙어 있는 유령인가?"

"실은 그 자리에 기념 명판이 붙어 있어. 어떤 유명한 작가가 늘 그 자리에 앉았기 때문에 붙여 놓았대."

"작가의 유령인가?"

"나도 어쩌면 작가의 유령이 아닐까 생각했어. 재즈를 좋아하는 작가였으니까, 어쩌면 그건 색소폰 소리가 아닐까 하고."

"나쁜 이야기는 아닌 것 같은데?"

"그렇지? 하지만 최근에 그 소리의 정체가 밝혀졌어."

"그래? 정체가 뭐였는데?"

"바람 소리였어."

"바람?"

"그 가게는 지하 1층에 있는데, 들어가는 문이 두 개야. 지상 입구에 있는 문과 지하 입구에 있는 문. 그런데 바람이 세찬 날은 손님이 지상의 문을 열면 바람이 들어오고, 그때 지상의 문을 닫으면 지하에 난 문틈으로 가게 안에도 바람이 들어오는 거지."

"알 것 같아."

"그래. 그때 틈새로 들어오는 바람이 낸 소리가 B 플랫이었어."

"왜 하필 B 플랫일까? 언제나 그 소리라는 거지?"

"아마 틈새의 형태 탓일 거야. 그리고 그 기념 명패가 붙어 있는 자리는 단차가 있어서, 주위보다 조금 높은 위치에 있거든. 그래서 그 자리에 앉으면 문의 위쪽 틈새 높이와 가까워져. 그래서 다른 자리에서는 들리지 않는 소리가 거기서는 들리는 모양이야."

"흐음, 알고 보면 단순한 이야기군. 정말로 '유령인가 하고 잘 보니 마른 억새더라.'라는 말 그대로야."

"그래서 괴담이 아닐지도 모른다고 했잖아."

다몬이 쓴웃음을 짓자, 오노에는 턱을 문질렀다.

"하지만 재미있군. 헛듣다니 재미있지 않아? 타모리*의 프로그램에 '헛듣기 시간'이라는 게 있잖아?"

---

* タモリ: 일본의 코미디언, 가수, 배우, 텔레비전 사회자. 본명은 모리타 카즈요시(森田一義). '헛듣기 시간'은 시청자로부터 '외국어로 부르지만 일본어처럼 들리는 가사'를 모집해서, 제작진이 만든 이미지 영상과 함께 소개하는 내용이다.

"보고 있어. 많은 걸작이 있지."

"나도 최근에 발견했는데, 도쿄문화회관에서 콘서트를 보고 우에노역에서 이구라에 있는 스튜디오로 갈 때가 자주 있거든. 택시를 타고 '이구라가타마치 교차로로 가 달라'고 말하면, 우에노 일대를 중심으로 일하는 기사에게는 '니시가타'로 들리는 모양이야. '가타'라는 부분만 또렷이 들리면 '니시가타'겠거니 하고 믿어 버리고 머릿속에서 '니시가타'로 변환되어 버리는 거야."

"그렇군. 그것도 헛듣는 이유겠지."

"하마터면 니시가타로 갈 뻔한 적이 몇 번 있어서, '아아, 그런가. 이 동네 사람들에게는 니시가타가 더 익숙한 지명이구나.' 하고 깨달았지."

"도움이 되겠어. 기억해 둘게."

다몬은 크게 고개를 끄덕였다.

8

고베의 모임을 매듭지을 마지막 찻집은 고베역 부근의 주택가에 있었다.

오노에의 말로는 가이드북에는 전혀 실려 있지 않은 찻집이고, 고객은 현지의 단골이 대부분이라고 한다.

"전에 신시가지의 극장에서 일한 적이 있어서, 근처

에 있는 비즈니스호텔에 묵었어. 아침에 커피를 마실 수 있는 곳을 찾다가 그 가게를 발견하고 들어갔는데, 거기 커피가 정말 맛있었지."

"에헤."

고베역은 고풍스러운 역사(驛舍)가 아름다웠다.

역사를 바라보면서 그 앞을 지나 골목길로 들어가면, 작은 찻집이 있다.

내부는 세련된 산막 같은 구조로 되어 있고, 문자반이 팔각형인 괘종시계가 커피 원두를 볶는 연기에 오랫동안 그을린 듯 완전히 조청 빛깔이 되어 있다.

"아, 괘종시계로 시작해서 괘종시계로 끝나는군."

오노에가 중얼거렸다.

카운터에 나란히 앉아 오노에는 모카, 다몬은 과테말라를 주문한다.

"괴담은 아니지만, 너한테는 일단 털어놓을게."

오노에가 새삼스러운 얼굴로 다몬을 바라보았다.

"뭘?"

"내가 이 커피 괴담에 집착하는 이유."

"역시 구애받고 있었구나?"

"응."

"왜?"

"맨 처음은 교토에서 했잖아? 그때는 정말로 슬럼프

여서, 괴로운 나머지 기분 전환으로 했지만, 실제로 그 후 슬럼프에서 벗어나 곡을 술술 쓸 수 있었어. 게다가 요코하마와 진보초 모임을 한 뒤에도 좋은 아이디어가 떠올랐어. 그래서 나로서는 앞으로도 이 모임을 계속하고 싶어."

"그랬구나. 정말 잘됐다. 하지만 그런 징크스를 나한테 털어놔도 돼? 잠자코 있는 편이 좋지 않았을까?"

"아니, 괜찮아. 오늘 아침에도 눈을 뜬 순간 탁, 하고 아이디어가 떠올랐어. 그래서 뜻하지 않게 일을 해 버렸지."

"부지런 떨기는."

"그래서 말인데, 앞으로도 협력해 줘. 부탁할게."

오노에는 자못 진지한 얼굴로 고개를 숙였다.

작곡가에게 영감은 목숨과 같다. 그 영감을 주는 거라면, 징크스든 뭐든 이용할 수 있는 것은 전부 다 이용하고 싶어 하는 기분은 충분히 이해할 수 있다.

"하지만 영감이 솟아나는 계기가 왜 하필 괴담이지? 무언가가 힌트가 돼?"

"분명 뇌에서 평소 사용하지 않는 부분이나 감각 같은 걸 자극하기 때문일 거야."

"불가사의한 일이지."

둘이서 고개를 갸웃거리면서도 천천히 커피의 향기

를 즐긴다.

9

한 시간쯤 잡담을 나누었을까.

가게를 나가려고 문을 열자, 어느새 하늘은 어두워지고 일기예보대로 후드득후드득 비가 내리기 시작했다.

창문이 없는 가게라서 날씨가 나빠진 것을 알아차리지 못한 것이다.

"이런, 비가 오네."

"역까지 뛰어갈까?"

"어라?"

입구 옆에 우산꽂이 대용으로 놓아둔 항아리가 문득 다몬의 눈에 띄었다.

그 항아리 안에, 본 기억이 있는 낡아 빠진 감색의 접이식 우산이 있다.

"내 우산이다."

"뭐?"

오노에가 놀라서 항아리를 들여다본다.

"여기 있어. 틀림없는 내 우산이야."

다몬은 가만히 우산을 집어 든다.

"뭐라고? 설마."

"어제 이야기한, 어김없이 돌아오는 우산이야."

"거짓말이지?"

오노에의 얼굴이 창백해졌다.

"실은 지난달에 출장 간 나가사키에서 이 우산을 잃어버렸어. 이번에야말로 돌아오지 않을 줄 알았는데."

"아니, 어떻게…… 어떻게 나가사키에서 잃어버린 우산이 고베의 한 모퉁이에 있는 찻집에 있지?"

"역시 나한테 빙의되어 있나?"

다몬은 조그맣게 한숨을 내쉬고 나서 말을 이었다.

"하지만 덕분에 역까지 비를 맞지 않고 갈 수 있게 됐잖아. 정말 행운이야."

"너, 사실은 호러 체질인 거 아냐?"

오노에는 겁먹은 표정을 지으며 말했다.

다몬은 약간 찌그러진 우산살을 누르면서 손에 익숙해진 우산을 펴고는, 오노에의 머리 위에 우산을 씌워 주면서 말했다.

"자, 같이 쓰자."

커피 괴담
V

1

"왠지 이상한 공간이군. 옛날 SF영화의 세트장 같아."

미즈시마가 겁먹은 표정으로 주위를 둘러보았다.

"실제로 '우주선'이 이 가게의 컨셉인가 봐. 어쨌든 이 가게가 생긴 게 오사카 엑스포*가 열린 해니까."

오노에가 커피를 한 모금 홀짝거렸다.

"그러네. 듣고 보니 엑스포다운 분위기가 있어."

"인류의 진보와 조화로군."

다몬과 구로다가 얼굴을 마주 본다.

여기는 오사카.

우메다의 큰 빌딩 지하상가에 있는, 유리벽에 둘러싸인 찻집에는 과거의 미래감에 가득 찬 분위기, 어딘지 모르게 그리운 복고적 분위기가 감돌고 있었다.

미러볼 같은 커다란 전등. 곡선을 많이 사용한 소파와 탁자. 유리인가 하고 보면 곳곳에 놓여 있는 거울. 천장은 달 표면처럼 울퉁불퉁하고 어두운 디자인이다. 하지만 가게 전체의 인상은 흰빛을 띠고 밝다.

"여긴 값이 너무 싼데. 지난 세기 때 가격이야."

메뉴를 보면서 구로다가 눈을 똥그랗게 뜨더니, 덧

---

* 1970년 3~9월에 열렸다.

붙여 말했다.

"줄곧 가격을 올리지 않고 처음 가격 그대로 둔 모양이야."

가게 안을 둘러보니, 혼자서 신문을 읽는 노인이나 무언가를 협상하고 있는 비즈니스맨, 젊은 여자들 등 손님층도 다양하다.

"이런 복고적인 찻집이 요즘 젊은 애들한테 인기인 모양이야."

"지금은 여기도 저기도 온통 체인점뿐인걸."

모두 커피를 마신다.

"××벅스가 마지막까지 체인점을 내지 않은 현이 돗토리현이지?"

"그런데, 도쿄의 아라카와구에도 그 체인점이 하나도 없다는 거 알아?"

"어, 그래?"

"아라카와구 주민한테 듣고 깜짝 놀랐어."

"우리 동네에는 신호등을 건널 때마다 있는데."

"오래 기다리셨습니다."

오노에 앞에 그림으로 그린 듯한 푸딩아라모드*가 탁 하고 놓인다.

"우와아, 넌 또 이런 시간부터 그런 걸 먹는 거야?"

미즈시마가 놀란 듯이 몸을 뒤로 뺐다. 그는 단것이

라면 딱 질색이지만, 오노에는 단것을 무척 좋아한다.

"굉장한데. 마치 음식 샘플 같은 푸딩아라모드야."

"아침에 잠을 깨려고 먹는 음식이야."

"교토에서도 그런 말을 하면서 프렌치토스트를 먹었잖아."

"그거 해 줘, 오노에."

구로다가 오노에를 힐끗 바라보며 말했다.

"그거라니?"

"그거 있잖아? 이 모임을 시작할 때 늘 말하는 거."

구로다가 재촉하자 오노에는 "아." 하며 고개를 끄덕이고는, 스푼으로 뜬 생크림을 핥아 먹고 나서 앉음새를 고치고 선언했다.

"커피 괴담에 잘 오셨습니다."

"오노에의 경우는 커피 괴담이라기보다 달달한 디저트 괴담일 거야."

"두 번 연속해서 처음부터 전원이 모인 건 대단한 일이야."

"게다가 우리가 모두 살고 있는 간토가 아니라 고베

---

* 일본식 양식 디저트의 일종. 커스터드푸딩을 중심으로 각종 과일과 디저트를 한 접시에 올려서 내놓는다. '아라모드(à la mode)'는 프랑스어로 '최신 유행의'라는 뜻이지만, 이름과 달리 프랑스와는 상관이 없고, 요코하마의 '호텔 뉴 그랜드'의 구내 찻집에서 개발한 것이라고 한다.

와 오사카에서 전원이 모인다는 건 더욱 그래."

찻집을 순례하면서 괴담을 주고받는 모임이라는 기발한 이벤트도 벌써 다섯 번째다.

지난번의 고베에 이어 이번에는 오사카다. 평일 오전 10시 반이라는 약간 어정쩡한 시간이지만, 한창 일할 나이인 남자 넷이 오사카역 남쪽, 업무용 빌딩과 호텔이 늘어서 있는 우메다의 다이아몬드 지구에서 편안한 모습으로 얼굴을 맞대고 있다. 여전히 옷차림은 제각각이어서, 남들이 보면 저 네 사람은 도대체 어떤 그룹일까, 하고 고개를 갸웃거릴 게 분명하다.

"나는 지난번 고베 때 안건의 속편이야."

구로다가 중얼거렸다.

"아아, 그 양과자 여자 이야기."

미즈시마가 다몬을 바라본다.

"그 후 어떻게 됐어?"

오노에가 묻는다.

"덕분에 무사히 돌파구가 열렸어. 지금은 바깥 도랑 못을 착착 메우고 있는 참이야. 올해 안에 기소할 수 있을지도 몰라."

"정말 축하할 일이군."

"그럼 축하하는 김에 이번에는 나부터."

오노에가 몸을 내민다.

"'김에'라니, 뭐가 '김에'야?"

"그냥 아무 생각 없이 나온 말이야."

오노에는 푸딩을 삼켰다.

"내 고등학교 친구 중에 '보이는' 녀석이 있는데, 그 '보이는' 게 좀 불가사의해."

"유령 따위가 보인다는 거야?"

"그게 아니라 우주가 보인대."

"우주?"

"그 친구는 일가친척이 모두 그런 게 보이는 모양이야. 녀석이 말하기를, 어릴 때 할아버지 댁에 갔는데 할아버지가 주무시고 계시면 이마 주위에 은하계처럼 소용돌이치는 별의 무리 같은 것이 떠 있는 게 보였대."

"그런 얘기는 또 처음 듣는군. 새로운 장르의 영감인가?"

"그 친구네 집에서는 그게 지극히 평범한 일인 모양이야. 여동생이 가족 중에서 제일 강하대."

"누이의 힘인가?"

"이따금 여동생이 녀석한테 전화를 걸어 올 때가 있는데, 대개는 녀석이 여자와 함께 있을 때야. 여동생이 전화로 '지금 함께 있는 여자는 안 돼, 그만둬, 오빠.' 한다는 거야."

"그건 뭐지? 오빠 콤플렉스에 걸린 스토커인가?"

"그런데 여동생이 그렇게 지적한 상대에게는 대개 문제가 있었대. 빚더미에 앉아 있었다든가, 경력을 사칭하고 있었다든가."

"에헤, 그건 굉장한데."

"누이가 그걸 어떻게 알지?"

다몬이 물었다.

"누이 말로는, 검은 아지랑이 같은 것이 오빠 옆에 자욱하게 끼어 있는 게 보인다는 거야."

"역시 아지랑이 계열이군."

오노에는 고개를 끄덕였다.

"그러다가 마침내 녀석은 결혼했어."

"상대는 누이의 기준으로는 오케이였겠군."

"응. 자식도 연년생으로 둘을 낳았고, 행복한 가정을 꾸렸어."

"그럴 테지."

"그런데 자식들이 자랄수록 자꾸 의심이 들더래."

"의심? 어떤 의심?"

"자식이 둘 다 자기를 전혀 닮지 않은 거야. 아내와도 전혀 닮지 않았고."

"뭐?"

"그런데 자식들끼리는 빼다박은 것처럼 닮았어. 둘이 형제인 것은 분명해."

"도대체 어떻게 된 거야?"

"그러니까 둘 다 아내와 다른 남자 사이에 생긴 아이였다는 거야."

"뭐?"

"아내는 결혼 전부터 유부남과 교제하고 있었고, 결혼한 뒤에도 그 남자와 관계를 끊지 못했어. 요컨대 불륜 상대의 아이를 둘이나 낳았다는 거지."

모두 신음 같은 소리를 낸다.

"무섭군."

미즈시마가 몸서리를 쳤다.

"정말 무서운 괴담이야."

"아니, 아니야. 이 이야기에서 무서운 포인트는 그게 아니야."

오노에가 고개를 저었다.

"아니, 충분히 무서운 이야기인데."

"여자는 아이들을 그대로 남편 자식으로 키울 작정이었나?"

"만약 두 아이가 엄마를 닮았다면 끝까지 몰랐겠군. 그것도 무서워."

모두 저마다 한마디씩 한다.

"아이가 하나였다면 들통나지 않았을지도 몰라. 이따금 그런 경우 있잖아. 부모 어느 쪽도 닮지 않은 아이."

"할아버지를 닮았거나 삼촌을 닮았거나 하는 경우도 있지."

"아들을 둘 낳았는데, 두 아이는 서로 닮았다는 데에서 들통이 난 거로군."

"계기가 그거였어?"

오노에가 쓴웃음을 짓는다.

"그래서 두 사람은 이혼했어."

"그야 그럴 테지. 그런 경우, 양육비는 주지 않아도 되냐?"

"아니, 거꾸로 위자료를 받아야 하는 거 아냐?"

"자, 이 이야기의 포인트는 지금부터야. 이혼하고 오랜만에 만났더니 누이가 털어놓더래. 오빠가 결혼했을 때는 아무것도 보이지 않았지만, 아이가 생겼을 때쯤 올케한테서 거무스름한 아지랑이 같은 것을 느끼게 되었다고. 하지만 오빠와 올케언니가 행복한 것 같아서 말할 수 없었다고……."

"그렇겠지."

모두 고개를 끄덕였다.

"그런데 이혼하고 아내와 아이들이 나간 뒤, 너석은 정신적으로 큰 상처를 입었지만, 건강도 안 좋아졌어. 신열이 계속되고 언제나 속이 거북하고 몸도 수척해졌지. 일도 걸핏하면 쉬게 되었고."

"딱하게 됐군."

"그러던 어느 날, 누이한테서 전화가 걸려 왔대."

"무슨 전화?"

"아주 다급한 어조로 이렇게 말하더래. '오빠네 집 베란다에 뭔가 아주 꺼림칙한 것이 있다. 빨간 삼각형 물건인데, 거기서 뭔가 불길한 것이 나오고 있다. 아마 올케언니가 놓고 간 것일 테니까 빨리 치워 버려라.'"

"우와아, 무서운데."

"뭐야? 빨간 삼각형이라는 게."

"그래서 베란다에 나가 봤더니, 에어컨 실외기 뒤에 빨간 플라스틱 옷걸이가 떨어져 있더래."

"옷걸이가?"

"햐아, 그게 어떻게 보이지?"

"오싹 소름이 끼쳐서 황급히 버렸더니, 그 후 눈에 띄게 건강도 좋아졌다는 거야."

"뭐야, 그건? 아내의 원한이 남아 있었다는 건가?"

"원망을 들어도 모자랄 판인데 도리어 원한을 품다니."

또다시 모두 저마다 한마디씩 한다.

"아아, 정말 무서웠어. 지금까지 들은 이야기 중에 제일 무서운 이야기였어."

미즈시마가 팔을 문지른다.

"네가 무서웠던 건 지금 이야기의 전반부 쪽이겠지?"

오노에가 남은 푸딩을 입에 다 집어넣는다.

2

가게를 나와 간선도로로 가려고 나카노시마*를 건너자, 그곳은 업무용 빌딩이 즐비하게 늘어서 있는 넓은 도심이었다.

마침 점심때여서, 직장인들이 여기저기 건물에서 우르르 거리로 몰려나와 삼삼오오 가까운 가게로 빨려 들어간다.

"오사카 사람은 일본에서 걸음이 제일 빠르다는 말을 들은 적이 있는데, 그렇지도 않군."

오노에가 중얼거리자 구로다가 고개를 저었다.

"아니, 정말로 빠른 것 같아. 나도 걸음이 꽤 빠른 편인데, 우메다역이나 오사카역을 걷고 있으면 계속 추월당한다니까. 모두 걸음이 너무 빨라서 깜짝 놀랐어."

"흐음."

"쓰레기라면……."

갑자기 다몬이 입을 열었다.

---

* 中之島. 오사카시 기타구에 있는 모랫등. 서울의 여의도와 같은 하중도(河中島)다. 시청을 포함한 많은 관청과 회사, 박물관 등이 자리 잡고 있다.

모두 그를 돌아본다.

"네 발언은 정말로 뜬금없다니까."

"'쓰레기라면.'이라고 말한 건, 아까 오노에가 한 이야기와 이어지는 거야?"

"그래."

"그 후 시간이 꽤 지났잖아. 그런데 아직도 계속되고 있는 것처럼 느닷없이 이야기를 꺼내다니, 참 대단해."

"괴담이라면, 다음 찻집에 들어갈 때까지 기다려."

오노에가 말하자 다몬은 고개를 저었다.

"아니, 이건 괴담은 아닌 것 같아."

"네가 그렇게 말하는 건 신용할 수 없어."

"으음, 이건 아무런 결말도 없고, 그냥 왜 그럴까 싶은 이야기라서."

"뭔데? 말하고 싶으면 해 봐."

구로다가 재촉한다.

"아직 결혼하기 전 부엌이 딸린 원룸에 세 들어 살던 시절 이야기야."

"그럼 오래전 일이군."

"응. 집주인이 사는 단독주택이 있고, 그 집과 같은 부지 안에 세워져 있는 옛날식 아담한 공동주택이었지. 옆방에는 회사에 다니는 착실해 보이는 여자가 살고 있었어. 아침에 집에서 나가는 시간이 비슷해서 종종 얼굴을 마주쳤고, 그래서 외출할 때 만나면 그냥 인사나 하는 정도였지. 쓰레기 버리러 갈 때 만나기도 했고."

"흐음."

"그땐 쓰레기봉투가 검은색이었잖아?"

"그래. 지금은 투명한 봉투가 당연하게 되었지만, 옛날에는 까만색이었지."

"혼자 살면 쓰레기가 별로 안 나오잖아? 나는 주로 외식을 했기 때문에 가연성 쓰레기는 일주일에 한 번 버리면 충분했고, 게다가 그렇게 크지 않은 봉투로도 괜찮았어."

"그렇겠지."

"옆방 여자도 잔업이 많은지, 귀가 시간이 늦었던 것 같아. 언제 봐도 쓰레기양은 나와 비슷할 정도였고, 작은 봉투를 사용하고 있었어."

"그런데?"

"그렇게 몇 번 얼굴을 마주치는 동안, 그 여자의 방 내부가 얼핏 보인 적이 있었어."

"엿보기야?"

"우연히 보였을 뿐이야. 그런데 보니까 현관에 검은 쓰레기봉투가 놓여 있는 거야."

"쟁여 둔 빈 봉투가?"

"아니. 쓰레기가 빵빵하게 가득 들어 있는 검은 쓰레

기봉투였어. 그게 입구에 놓여 있었지."

"흐음, 물론 내용물은 보이지 않았겠지?"

"어라, 하고 생각했지. 그날은 마침 쓰레기 버리는 날이어서, 그 여자는 손에 쓰레기봉투를 들고 막 나서던 참이었어. 그런데 왜 저기 놓여 있는 쓰레기는 버리지 않을까, 하고 이상하게 생각했지. 실제로 그 여자는 쓰레기를 내놓고는 그대로 역을 향해 걸어가 버렸거든."

"그건 좀 이상하긴 하네."

"어쩌면 불연성 쓰레기 같은 거여서 다른 날 내놓으려 하나 보다 하는 생각도 했지만, 왠지 묘한 위화감이 있었어."

"그렇군."

"그리고 얼마 후 집세를 내러 집주인한테 갔어. 과거엔 매달 현금으로 집주인한테 집세를 건네주었잖아?"

"그때가 그립군."

"집주인을 만나면 잠깐씩 세상 돌아가는 이야기나 잡담을 나누기도 하고."

"그랬지. 그때는 참 태평하고 여유롭게 살았어."

"그런데 무엇 때문인지 옆방 여자 이야기가 나왔어. 가스 경보기가 울린 적이 있었는데, 마침 여자가 집에 없었기 때문에 집주인이 가스 판매소 사람을 불러서 마스터키로 현관문을 열고 안으로 들어갔대."

"그래, 그때는 그런 경우도 있었지."

"그런데 들어가 보니 방 안에 검은 쓰레기봉투가 잔뜩 쌓여 있더래."

"에?"

모두 놀라서 말문이 막혔다.

"모두 내용물이 가득 차서 빵빵하게 부풀어 오른 검은 쓰레기봉투였대. 부엌에도 방에도."

"쓰레기 집인가?"

"물론 내용물은 보이지 않아. 가스 판매소 사람도 집주인도 깜짝 놀랐지만, 내용물을 볼 수도 없으니 그냥 작업만 하고 방을 나왔대. 하지만 그건 도대체 뭐였을까, 하고 계속 고개를 갸웃거렸다는 거야."

"냄새는? 쓰레기 냄새 말이야."

"그건 물어보지 않았어. 이야기는 그것뿐이야. 어때, 안 무섭지?"

"으응."

야릇한 소리가 나온다.

이윽고 미즈시마가 창백해진 얼굴로 중얼거렸다.

"하지만 역시 무서워. 도대체 그 봉투 안에는 뭐가 들어 있었을까?"

"그 여자는 정말로 평범한 직장 여성일까?"

구로다의 질문에 다몬은 고개를 끄덕인다.

"그래, 언제나 정장 차림에 인상도 깔끔한 직장 여성이었어."

모두 얼굴을 마주 본다. 좁은 방 안에 잔뜩 쌓여 있는 검은 쓰레기봉투를 저마다 머릿속에 떠올리고 있을 게 분명하다.

"쓰레기가 아닐지도 몰라."

"그렇게 부피가 큰 물건은 도대체 뭘까?"

"쇼핑 중독인가? 내용물은 모두 옷일 수도 있지. 무언가를 산다는 행위 자체에만 정신이 팔려 있기 때문에 물건 자체에는 관심이 없어. 그래서 입지도 않고 버리는 게 아닐까?"

"그 가능성은 생각해 보지 않았는걸."

다몬이 뜻밖인 듯한 표정을 지었다.

"내용물이 그거라면 알 것 같은 기분이 들어. 그 부풀어 오른 느낌으로도."

"그게 옷이라면, 그 여자가 헌 옷 가게를 차리려고 개업 준비로 헌 옷을 한창 사들이고 있는 중이었다는 추측은 어때?"

"팔 물건이라면 잘 개켜서 차곡차곡 보관해 두겠지."

"이건 전혀 관계없는 이야기지만, 그 이야기를 듣고 생각난 게 있어."

구로다가 이야기를 시작했다.

"괴담이야?"

"아니. 다몬의 이야기와 마찬가지로, 나도 이게 괴담인지 어떤지 모르겠어."

구로다는 손가락으로 볼을 긁었다.

"무슨 이야기인데?"

"옛날, 그야말로 풋풋했던 20대 시절이었어. 어느 날 아침에 전철을 탔는데, 가까이에 예쁜 여자가 앉아 있는 거야. 통근열차라서 사람들이 꽉 차 있었기 때문에 얼굴밖에 안 보였어. 신문이나 책을 읽는 것도 아니고, 음악을 듣는 것도 아니고, 이렇게 눈을 크게 뜨고 줄곧 앞만 보고 있더라고. 그래서 그 얼굴이 잘 보인 거지만."

"흐음, 그래서?"

"전철이 종점에 도착하고, 모두 줄지어 내렸어. 그러자 앉아 있던 그 여자의 온몸이 보였는데, '어라?' 하고 생각했지."

"왜?"

"그 여자가 무릎 위에 커다란 여자아이 인형을 안고 있는 거야."

"인형? 포장도 안 하고?"

"응. 포장하지 않은 인형이었어. 선물이나 뭐 그런 거였다면, 상자에 넣거나 포장을 하겠지? 그냥 운반하는 거라면 하다못해 종이봉투나 비닐봉지 같은 것에 넣어서 나르는 게 보통이잖아? 하지만 오랫동안 지니고 있던 인형을 보란 듯이 무릎 위에 올려 둔 거야."

"말도 안 돼."

"나는 깜짝 놀랐어. 그 여자는 벌떡 일어나더니, 인형을 아무렇게나 옆구리에 끼고는 또각또각 하이힐 소리를 내면서 플랫폼을 따라 걸어갔어."

"흐음, 4차원 인간인가?"

"아니야. 아까 다몬이 이야기한 옆집 여자는 아니지만, 깔끔한 고급 투피스 차림에 구두도 가방도 명품이었어. 그런 여자가 아무렇게나 인형을 안고 다니니."

"흐음, 초현실적이야."

"딱히 어디가 유별난 건 아닌데, 뭔가 이상하다는 느낌이 들었어. 나만 그렇게 생각한 게 아니었는지, 주위 사람들도 모두 이상하다는 듯이 그 여자를 보고 있었어. 그냥 그것뿐이야."

"그것도 왠지 무서운걸."

오노에가 터무니없다는 듯이 어깨를 으쓱했다.

"다몬과 구로다가 한 이야기의 공통점은 양쪽 다 본인은 그걸 전혀 이상하게 생각지 않는 듯하다는 거야."

"응, 그게 무서워."

"무서움에도 여러 종류가 있군."

미즈시마가 신음 소리를 냈다.

"지금 들은 이야기는 부조리 계열의 무서움이야."

"이유를 들어 보면 사실은 전혀 대단한 게 아니었을 수도 있지."

"예를 들면?"

"쓰레기봉투 이야기는 여자가 평소에는 직장에 다니고 있지만, 사실은 현대 미술가나 뭐 그런 직업을 갖고 있어서 작품 재료를 모으고 있던 것일 수도 있고."

"그럼, 인형은?"

"사실 그 여자는 좀 흐리터분한 성격이라, 아이가 인형을 고쳐 달라고 했는데도 그냥 그대로 인형을 안고 업자에게 갖다줬다든가."

"그런 시시한 결말조차 자연스럽게 받아들여진다는 점이 부조리의 증거인 것 같아."

"요컨대 위화감이나 어긋남, 그러니까 이해할 수 없다는 게 무서운 거야."

다몬이 중얼거렸다.

"확실히 그래. 예를 들면 다몬의 사고 회로라든가."

구로다가 다몬을 뚫어지게 바라보며 말했다.

"뭐? 내 사고 회로? 그게 왜?"

"이것 봐. 본인은 이상하다고 생각지 않지만, 다른 사람은 그걸 이해할 수가 없어서 무서운 거야."

"에에."

다몬이 불만스러운 듯한 소리를 낸다.

"아, 저기 보인다. 다음 가게는 저기야."

오노에가 간선도로에서 약간 들어간 곳에 있는 복고풍 건물을 가리켰다.

"고풍스러운 건물이군."

"존재감이 보통 아닌데."

주위의 근대적인 빌딩들 사이에 황토색을 띤 저층의 석조 건물이 서 있다.

모퉁이 쪽에 출입구가 나 있고, 쌍여닫이문이 활 모양의 돌계단 위에 있다.

문 유리에는 빌딩 이름이 금박 글자로 새겨져 있었는데, 조금씩 벗겨지기 시작한 상태였다.

"빌딩 이름의 서체도 복고적이군."

"이 둥그스름한 느낌이 좋은데."

네 사람은 잠시 문을 바라본다.

"대오사카* 시대 의 유산이야."

"그건 언제를 가리키는 거야?"

"다이쇼 말기부터 쇼와 초기까지야. 인구가 급증하

---

* 1923년 9월, 간토 지방에서 대지진이 발생하자 도쿄와 주변 지역의 이재민들이 간사이 지방으로 이주했다. 이로 인해 오사카의 인구가 급격히 증가했고, 일본 제1의 대도시로 성장하게 되었다.

고 주위에 있는 도시들을 합병하여, 한때 도쿄를 앞질러 가장 인구가 많은 도시가 되었지."

"에헤……."

"이 빌딩 지하에 있는 가게야."

오노에가 문을 밀고 어두컴컴한 건물 안으로 발을 들여놓았다. 모두 그 뒤를 따라 줄지어 안으로 들어간다.

3

"멋진 가게군."

"위에 있는 바도 궁금한걸."

"이 가게도 찻집이라기보다는 바 같은 게 아닐까?"

그 가게는 '두더지'라는 이름이 붙어 있고, 지하의 움막 같은 공간에 자리 잡고 있었다.

벽이 하얀색이어서 어둡지는 않지만, 마치 바위를 깎아 낸 것처럼 여기저기가 곡선으로 되어 있어서 동굴 속에 있는 듯이 느껴지기도 한다.

곡선으로 휘어진 카운터. 붙박이인 사이드보드도 벽의 곡선에 맞추어 휘어져 있는 것이 마치 살아 있는 물체 같다.

커피잔도 손으로 일일이 빚어서 만든 것처럼 질박한 느낌이다.

가게가 그리 넓지 않은 탓인지, 성인 남자 넷이 카운터에 나란히 앉자마자 갑자기 '혼잡'한 분위기가 된다.

"옛날 건물은 역시 좋군."

다몬이 가게 안을 둘러보면서 중얼거렸다.

"개성이 있어."

"센스가 좋아."

"그렇다면 여기서 이야기하는 것은 역시 빌딩 괴담이 되겠군."

오노에가 기쁜 표정을 짓는다.

"오래된 건물이 있어. 도쿄 중심부 어딘가에. 일 때문에 자주 가는 빌딩이야. 미리 말해 두겠는데, 이건 내가 체험한 이야기는 아니야. 하지만 그 빌딩은 나도 잘 알고 있지."

구로다가 이야기하기 시작하자, 모두 그를 바라보았다.

"당연히 엘리베이터도 낡았지. 오래된 건물의 엘리베이터는 독특한 '사이'가 있잖아. 멈출 때 잠깐 '훗' 하고 한숨 돌리는 듯한 시간이 있고, 조금 늦게 '덜컹' 하고 살짝 가라앉는 듯한 느낌."

"응, 그래. 뭐랄까, '엘리베이터'라는 말을 듣는 것만으로도 무서워."

미즈시마가 과장되게 몸서리를 쳐 보였다.

구로다가 말을 잇는다.

"꽤 큰 건물이라서 엘리베이터가 네 대야."

"흐음."

"그런데 엘리베이터는 불가사의해. 기분 탓이겠지만, 오랫동안 이용하면 엘리베이터마다 성격 같은 게 생겨. 이 엘리베이터는 빨리 오지만 저 엘리베이터는 반응이 좀 둔하다든가. 어디까지나 주관적인 것이겠지만."

"응, 하지만 기계의 버릇이라는 게 있는 것 같아. 바꿔 말하면 사용하는 사람의 버릇인지도 모르지만."

다몬이 고개를 끄덕였다.

"그 사람이 말하기를, 오른쪽 끝에 있는 엘리베이터가 왠지 싫다는 거야. 왜냐하면, 많은 사람이 기다리고 있을 때는 전혀 오지 않는 주제에, 어찌 된 셈인지 혼자 기다리고 있으면 꼭 그 엘리베이터가 온대."

"에헤."

"결국 그 엘리베이터에는 혼자 탈 때가 많지."

"왠지 불길한 예감이 드는데."

"그런데 어느 날 밤, 혼자 잔업을 하게 되었는데, 잠깐 저녁을 먹으러 나갔다가 돌아왔더니 역시 오른쪽 끝에 있는 엘리베이터가 맨 먼저 오더래. 싫다고 생각했지만, 다른 엘리베이터는 모두 멀리 있었기 때문에 그 엘리베이터를 탔지."

모두 열심히 귀를 기울이고 있다.

"엘리베이터에 타고 있는 동안은 대개 층수 표시를 보잖아. 그 사람도 엘리베이터 안에서 층수 표시를 줄곧 보고 있었는데, 문득 시야 구석에 붉은 무언가가 있는 걸 알아차렸대."

구로다는 마치 자기가 지금 엘리베이터 안에 있는 것처럼 비스듬히 위쪽으로 힐끔 눈길을 던졌다.

모두 거기에 이끌려 그쪽을 바라보지만, 물론 그곳에는 하얀 천장이 있을 뿐이다.

"뭘까 하고 위를 쳐다보니, 천장에서 붉은 끈이 축 늘어져 있더래."

"붉은 끈?"

"얼룩 끈*은 아니고?"

오노에가 끼어들어 혜살을 놓지만, 구로다는 상관하지 않는다.

"그래, 붉은 끈. 책의 갈피끈을 여러 개 합쳐서 꼰 것과 비슷했대."

"하지만 엘리베이터 천장에 그런 끈을 묶어서 늘어뜨릴 만한 틈새라든가 그런 게 있나? 아, 해치처럼 생긴 작은 출구가 있던가?"

---

* 아서 코난 도일의 작품 중에 「얼룩 끈의 비밀」이라는 단편이 있다.

미즈시마가 묻는다.

"그 사람도 언뜻 보고 이건 이상하다고 생각했대. 아무리 봐도 이음매가 없이 통짜로 된 천장 판에서 끈이 늘어져 있었으니까. 오싹한 순간, 자기가 내려야 할 층에 엘리베이터가 도착해서 덜컹 하고 흔들린 뒤 문이 열렸대. 그 사람이 아주 잠깐 천장에서 눈을 돌렸다가 다시 한번 천장을 바라보니, 그 끈은 그새 벌써 사라지고 없더래."

"우와아."

"그 사람은 '눈의 착각이야.' 하고 마음을 달랬대. 상황으로 보아 그렇게 할 수밖에 없잖아. 나 같아도 그렇게 했을 거야."

있을 리가 없는 것이 있다. 물리적으로 설명할 수 없는 것이 있다.

그것을 목격했을 때 사람은 어떤 반응을 보일까.

"그런데 그다음 날—까놓고 말하면 그 사람은 사실 내 동료인데—수사 대상자 가운데 은밀히 핵심 인물로 주목하고 있던 남자가 자살한 거야."

"우와아."

"정말로 자살이었어?"

"그건 모르지. 하지만 상황으로 보아 자살이라고 단정하지 않을 수 없었어."

구로다의 동료라면 검사다. 자살자가 나올 만한 사건은 아마 대형 경제범죄 사건이나 부정부패 사건일 것이다.

"물론 그 뉴스를 들었을 때는 엘리베이터에서 끈을 본 일 같은 건 깨끗이 잊고 있었대."

"결국 그 이야기에는 속편이 있다는 얘기군?"

오노에가 살피는 듯한 눈으로 물었다.

구로다가 고개를 끄덕인다.

"그로부터 1년 가까이 지났을 때였어. 그 사람은 다른 사건을 담당하고 있었고, 어느새 붉은 끈 따위는 까맣게 잊고 있었지. 어느 날, 아무 생각 없이 오른쪽 끝에 있는 엘리베이터에 혼자 탔는데……."

구로다는 문득 생각난 듯이 커피를 한 모금 마셨다.

"엘리베이터에 탄 순간, 왠지 '그러고 보니 전에 이 엘리베이터에서 그런 일이 있었지.' 하고 생각이 났다는 거야. 그래서 문득 위를 쳐다보았더니……."

구로다는 또다시 비스듬히 위쪽으로 눈길을 돌렸다.

"붉은 끈이 늘어져 있더래."

"으악, 말도 안 돼."

모두 몸을 뒤로 뺀다.

"그 사람도 이번에는 정말 깜짝 놀라 엘리베이터 안에서 펄쩍 뛰며 뒤로 물러섰대. 하지만 그 끈은 그가 내려야 할 층에 엘리베이터가 도착하자마자 사라져 버렸다는 거야."

"이번에는 끈이 사라지는 것을 목격했나?"

"아니야. 이번에도 역시 도착한 순간 잠시 눈을 돌려 버린 모양이야. 그사이에 사라졌대."

"그래서?"

"며칠 뒤, 그가 담당하고 있던 사건 관계자가 살해되어 있었다는 사실이 밝혀졌어."

으음, 하고 모두 신음 소리를 냈다.

"그건 뭘까? 그 사람의 예지력일까?"

다몬이 고개를 갸웃거리고 나서 말을 이었다.

"오래전에 구로다가 유리를 두드리는 소리를 듣고 가까운 존재의 죽음을 알았다는 이야기를 한 적이 있어."

"아, 그래. 그런 적이 있었지."

"그때도 그게 실은 구로다의 예지력이고, 자기가 스스로 유리를 두드린 게 아닐까 하고 이야기했어. 이번 이야기에 등장한 그 사람도 그런 게 아닐까?"

"어쩌면 그 엘리베이터가 무언가를 증폭시키고 있는지도 모르지. 왜, 그런 장소 있잖아. 인간 정신에 영향을 미치는 장소."

미즈시마가 중얼거린다.

"그래, 있어. 좋은 쪽으로 영향을 주기도 하지. 날마다 이런 빌딩에서 일하고 있으면 좋은 아이디어가 솟아날 것 같아."

다몬이 새삼스럽게 가게 안을 둘러보았다.

"그건 도대체 뭘까. 왜 하필 붉은 끈이지?"

오노에가 천장을 쳐다본다.

"자살한 사람, 혹시 목을 맸냐?"

"아니야. 높은 곳에서 뛰어내렸어."

"살해된 사람은 교살인가?"

"아니, 그 사람은 박살(撲殺)이야. 맞아 죽었지."

"그럼 끈은 관계가 없군."

오노에는 팔짱을 끼었다.

"그런데 그 후에도 끈을 본 적이 있대?"

다몬이 묻자, 구로다는 고개를 저었다.

"아니, 두 번뿐이야. 그 사람은 다른 곳으로 전근을 갔고, 빌딩은 개축되었으니까."

"오래된 건물들이 무서운 기세로 잇달아 사라지고 있군."

"이 건물은 남아 있으면 좋겠는데."

"아마 여기는 유형문화유산으로 등록되어 있을 거야."

"그렇다면 일단은 안심이군."

모두 가슴을 쓸어내리면서 커피를 마신다.

4

 복고풍 빌딩을 나와서 다시 번화가 남쪽으로 내려간다.
 명품점이나 백화점이 늘어서 있는 대로가 가까워지자, 아시아계 관광객들이 거리를 가득 메우고 있다.
 오사카라고 하면 반드시 TV 화면에 나오는 그 유명한 모퉁이도.
 "도톤보리* 일대는 정말 아시아적인 풍경이야."
 "너저분하고, 네온사인투성이에, 색채의 홍수라는 점이 그렇다는 거지?"
 "오사카의 거리는 뜻밖에 두서가 없군."
 다몬이 중얼거렸다.
 "두서가 없다고?"
 "응. 도쿄 같은 곳은 거리의 경계선이 제법 확실하고 거리마다 색채가 분명하지만, 오사카는 경계선이 느슨한 것 같아."
 "흐음."
 거리의 색채. 거리의 분위기.
 그것은 거기에 사는 주민들이 만들어 내는 것이라

---

* 道頓堀. 오사카의 번화가. 유흥가이자 식당가로 유명해서 관광객와 행락객이 즐겨 찾는 곳이다.

고 생각한다. 그들이 말하는 간사이 사투리의 울림이나 의젓한 음조가 거리의 분위기까지 만들어 버린다.

"네온사인은 오래되면 여기저기가 빠져서 다른 글자가 되어 버리는 일도 있잖아?"

오노에가 말하기 시작했다.

"그거 괴담이야?"

"여기서 괴담을 말해도 돼?"

"괜찮아. 좀 전의 다몬을 흉내 내는 건 아니지만, 이것도 별로 괴담은 아니니까."

"정말이야?"

다몬이 회의적인 눈으로 바라보자, 오노에는 "너한테는 그런 말 듣고 싶지 않아." 하고 고개를 저었다.

"전에 일 때문에 산인[*]에 갔을 때 차를 몰고 해안도로를 달린 적이 있어. 이제 곧 해가 지려는 저녁 시간대였지. 그런데 저 앞에 특산품 가게가 몇 집 늘어서 있고, 그중 한 곳에 네온사인이 켜져 있었어."

그 풍경을 머리에 떠올린다.

해가 뉘엿뉘엿 지고 있는 바다. 길가에 늘어서 있는 가게들.

"그래서 무심코 네온사인을 보았더니 '고와이센'이

---

* 山陰. 일본 남서쪽 주코쿠 지방에서 동해에 접한 지역.

라고 되어 있는 거야. 깜짝 놀라서 나도 모르게 속도를 줄이고 길가에 차를 세워 버렸지."

"무서운 가게? 도대체 무슨 가게인데?"

"잘 보니 '고노와타·이카시오카라센'*이야. 그중에서 '고, 와, 이, 센' 네 글자만 불이 켜져 있었던 거지."

"뭐야."

모두 웃음을 터뜨린다.

"글자가 거울에 비쳐서 다른 의미가 되어 버리는 것도 무서워. 나는 큐브릭**의 「샤이닝」이 트라우마가 되었어."

미즈시마가 중얼거린다.

"아, 그거구나. 'REDRUM'"

구로다가 말하자, 미즈시마는 크게 고개를 끄덕였다.

"그래, 맞아. 글자를 거울에 비추면 'MURDER(살인)'가 된다는 그거."

"어릴 적에 한동안 만화를 그린 시기가 있었는데."

---

* '고노와타'는 해삼창자젓, '이카시오카라'는 오징어젓, '센(店)'은 가게라는 뜻. 젓갈 가게의 네온사인에 문제가 생겨 네 글자에만 불이 켜졌는데, 그 뜻이 우연찮게도 '무서운 가게'가 되었다.
** Stanley Kubrick(1928~1999): 미국의 영화감독. 영화 역사에서 가장 혁신적인 영상을 만든 거장의 한 명으로 꼽힌다. 「샤이닝」은 1980년에 개봉한 공포영화로, 한겨울 고립된 호텔에서 서서히 미쳐 가는 주인공의 광기를 섬뜩하게 그려 냈다.

다몬이 끼어든다.

"에헤, 그럴 때가 있었냐? 그 만화, 지금은 안 남아 있겠지?"

"응, 남아 있지 않아. 얼마 후, 내게는 재능이 없다는 걸 깨닫고 그만두어 버렸지."

"보고 싶은걸, 네가 어떤 그림을 그렸는지."

"서툴렀어. 그런데 오른손잡이가 인물의 얼굴을 그리면 왼쪽을 보는 얼굴밖에 그릴 수 없대."

"그래?"

"오른쪽을 향하고 있는 얼굴은 그리기가 어려워서, 상당히 연습하지 않으면 못 그린대. 그래서 『만화 그리는 법』 같은 책을 찾아봤더니, 자기가 그린 얼굴 데생이 맞는지 어떤지 모르겠거든 거울에 비춰 보라고 쓰여 있었어."

"에헤."

"확실히 거울에 비추어 보면 즉각적인 효과가 있어. 그냥 보면 이상해 보이지 않는 그림도 거울에 비추어 보면 데생이 잘못되었다는 걸 확실히 알 수 있거든."

"흐음."

"하지만 이것도 생각해 보면 이상하지 않아? 거울상이라고 말하는 이상, 완전히 똑같은 것이 비쳐 있을 텐데 전혀 다른 모습으로 보이다니 말이야."

"흐음, 아주 심오한 이야기인 듯한 기분이 드는데."

순간, 모두 입을 다물고 수면에 거꾸로 비친 네온사인을 바라보았다.

5

번화가의 한복판, 남북으로 뻗어 있는 아케이드 상가에서 골목으로 조금 들어간 곳에 있는 가게다.

벽돌집을 흉내 낸 묵직한 구조.

중후한 느낌을 주는 인테리어. 창문에는 색깔이 선명한 스테인드글라스.

"고급스러운 분위기가 감도는데."

"오사카의 응접실이라고 불리는 가게래."

"그럴 만해."

"과연 문화계나 재계 인사들이 주로 이용할 것 같은 느낌이야."

가져온 향긋한 커피를 네 사람은 모두 한 모금씩 마신다.

그러고 나자 미즈시마가 가볍게 손을 들며 말했다.

"그럼 내가 이야기를 시작할게. 하지만 내 이야기도 엄밀히 말하면 괴담이 아닐지도 몰라."

"말하자면, 무엇을 무섭게 느끼느냐 하는 이야기군."

오노에가 끼어든다.

"야나카*에 있는 절에 산유테이 엔초**라고, 괴담을 장기로 삼은 만담가의 묘가 있어. 그 절에는 엔초가 생전에 모아 둔 유령 그림 컬렉션이 있고, 해마다 여름이 되면 그걸 공개하고 있지. 나도 몇 번 보러 갔는데, 발 없는 유령 그림이나 '진짜 유령 같다' 싶은 작품들도 많았어. 그런데도 내가 가장 무서웠던 건, 비 오는 대숲을 그린 수묵화였지."

"정말 무서울 것 같아."

"그렇다기보다, 이걸 엔초가 '유령 그림'으로 보았다는 게 무서웠어."

"그렇군."

"끼어들어서 미안해."

오노에가 손을 모으고 미즈시마에게 정중하게 사과했다.

미즈시마는 고개를 젓는다.

"아니, 내 이야기도 아마 그런 이야기에 가까울 거야."

미즈시마는 커피를 한 모금 마시고 말을 이었다.

"이건 내가 직접 겪은 실화야. 작년 겨울에 우리 어머니가 돌아가셨는데, 그때 이야기야."

---

* 谷中. 도쿄 우에노 공원의 북서쪽 지역.
** 三遊亭 円朝(1839~1900): 일본의 만담가.

"그래, 부고 엽서 받았어."

"네 본가가 어디에 있다고 했지?"

구로다가 묻는다.

"아키다*야. 어머니는 돌아가시기 1년쯤 전부터 치매가 진행되고 있었어. 아버지가 곁에서 돌보고 계셨지만 너무 힘들어서, 누나와 나는 요양 시설에 모시는 게 좋지 않을까 의논하고 있었지. 하지만 어머니는 아버지와 함께 지은 집에 강한 애착을 갖고 계셨기 때문에 집을 떠나고 싶어 하지 않을 거라고 예상은 하고 있었어. 전에 이웃집에 불이 난 적이 있는데, 그때 불이 옮겨붙는 걸 막으려고 물을 엄청 뿌려 댄 탓에 그 뒤처리를 하느라 정말 애를 먹었거든. 하필이면 불이 났을 때 우연히 집을 비웠던 게 트라우마가 되었는지, 집을 비우는 걸 몹시 싫어하게 되셨지."

"알 것 같아. 그만한 연세의 노인네들은 집을 오래 떠나는 걸 싫어하시지."

"그런데 작년 겨울에 아버지가 친구분과 함께 온천 여행을 가시게 됐는데, 마음 편히 쉬게 해 드리려고 아버지가 안 계신 동안 누나하고 내가 교대로 본가에 가서 어머니 곁에 있기로 했어."

---

* 秋田. 일본 혼슈 북부의 동해 연안에 있는 현 및 현청 소재지.

미즈시마의 눈이 아련해진다. 당시의 일을 생각하고 있을 것이다.

"잘 쉬고 오셨겠군."

"그동안 효도 한번 변변히 못했으니까 그 정도는……."

미즈시마가 쓴웃음을 짓고는 이야기를 계속했다.

"누나와 내가 교대할 때 시간이 조금 어긋났어. 누나가 오후 5시쯤 떠나고, 나는 그보다 두 시간쯤 뒤에 도착했나? 누나가 집을 나올 때 어머니는 고타쓰*에서 꾸벅꾸벅 졸고 계셨다는 문자를 받은 참이었는데, 집에 도착해서 보니 캄캄한 거야."

"왜?"

"이웃집들은 다 불이 켜져 있는데 우리 집만 전기 차단기가 내려와 있었어. 이상하게 생각하면서 집에 들어갔더니 어머니가 고타쓰 안에 쓰러져 계시는 거야. 이미 돌아가신 뒤였지. 누나랑 내가 없는 시간을 정확히 노린 것처럼."

"그건 정말 운이 안 좋군."

"소생할 가망은 없는 것 같다고 판단하고 경찰을 불렀어. 구급차는 죽은 사람은 태우지 않으니까."

"그래."

---

* 일본식 난방 기구. 나무로 만든 탁자에 이불이나 담요를 덮은 것인데, 탁자 밑에는 화로나 난로가 있다.

"차단기를 올려서 전기는 들어왔고, 경찰은 집 안팎을 한 바퀴 둘러본 뒤 어머니를 모셔 갔지. 나는 혼자 남아서 누나와 아버지한테 전화로 알렸는데, 두 분 다 이튿날 돌아오게 됐어. 그제야 비로소 왜 차단기가 내려왔을까, 하고 생각했지. 어머니는 집안일도 전혀 하실 수 없게 된 상태였고 고타쓰에 들어간 뒤 움직인 낌새도 전혀 없었으니까, 차단기가 내려갈 리가 없거든."

"그래서?"

오노에가 조심스럽게 물었다.

"아무리 생각해도 어머니가 숨을 거둔 순간 차단기가 내려왔다고밖에는 생각할 수 없어."

"에헤."

"어머니와 집이 내통이라도 했다는 거야?"

다몬이 묻자 미즈시마는 머리를 긁적거렸다.

"뭐, 그런 셈이지. 실은 또 한 가지 이상한 일이 있었어. 이튿날 아침에 일어나서 밖에 나가 보니, 어머니가 가꾸고 있던 마당의 애기동백꽃이 죄다 떨어져 있는 거야. 누나 말로는 전날에는 분명히 피어 있었다니까, 하룻밤 사이에 꽃이 다 져 버렸다는 얘기가 되지."

"어머니가 어지간히 집을 떠나고 싶지 않으셨나 봐."

"누나하고도 그렇게 말했어. 누나와 내가 없을 때 돌아가신 것도 그런 의지의 표현이었을지 모른다고."

"흐음."

한동안 모두 숙연한 태도로 침묵을 지킨다.

다몬이 중얼거렸다.

"왠지 나쁜 이야기는 아닌 듯한 기분이 들어."

"응. 그래서 괴담은 아닐지도 모른다고 했잖아."

"이렇게 말하면 뭣하지만, 자기 집에서 죽는 건 행운이야."

"나도 그렇게 생각해."

네 사람 다 자신의 부모와 부모에 대한 불효에 대해 생각하고 있는 것은 그 표정으로 보아 분명했다.

6

구로몬 시장 내의, 해산물 가게가 늘어서 있는 아케이드 상가는 어패류 냄새가 풍기고 시장다운 활기가 있다. 관광객들이 '이트인'* 가게 안에 서서 음식을 먹고 있는 모습도 흔히 볼 수 있다.

그 찻집은 아케이드 상가 외곽에 있었다.

옛날 그대로의 모습을 간직한 찻집이었고, 단골은 거의 다 시장 관계자들이어서 생활감이 감돌고 있다.

* eat-in(일본식 영어). 매점에서 구입한 식품을 그 가게 안에서 먹는 것. '테이크아웃'에 대비되는 말이다.

"아까 갔던 가게가 응접실이라면 여기는 거실이군."

미즈시마가 중얼거렸다.

구로다가 쿡쿡 웃는다.

"일리 있는 말이야. 골동품을 늘어놓은 점이라든가, 컨셉은 비슷해."

"쇼와 시대 주택의 서양식 마루방이야. 찬장과 전축이 놓여 있고, 아버지가 위스키를 마시는 방이지."

"피아노가 있고, 피아노 위에는 하카타 인형*을 넣은 유리 케이스가 놓여 있지."

"그래, 맞아. 바로 그런 느낌이야."

커피 맛도 묵직하고 감칠맛이 있어서, 노동자가 일하다가 한숨 돌리면서 마시는 커피 같다.

"내 이야기도 별로 무섭지 않아."

오노에가 입을 열었다.

"아니, 뭐야? 오늘은 모두 '무섭지 않은' 괴담 시리즈야?"

구로다가 가볍게 웃었다.

"나는 도플갱어가 있는 모양이야."

오노에가 태평스럽게 중얼거린다.

---

* 후쿠오카의 전통 공예품으로, 점토로 형상을 빚어 초벌구이 한 뒤 유약을 바르고 채색한 자기 인형. 하카타는 후쿠오카의 옛 이름이다.

"분신? 자기 분신을 보면 죽는다는 그거?"

미즈시마가 의아한 표정을 짓는다.

"아마 그걸 거야."

오노에는 지극히 천연스럽다.

"있는 모양이라고 말한 건 무슨 뜻이야?"

다몬이 물었다.

"최근에―한 석 달쯤 됐나?―'너 거기 있던데?'라든가 '오노에 씨, 요전에 어디어디에 계셨죠?'라는 말을 세 번쯤 들었어."

"물론 너는 거기에 가지 않았을 테고."

"네 분신과 대화를 나눈 사람은 있냐?"

"아니, 없어. 모두 '서두르는 것 같았다'거나 '급한 걸음으로 앞을 지나갔다'는 목격담이야."

"너와 닮은 사람이거나 너인 것처럼 행세한 사람일 가능성은 없어?"

"전혀. 어쨌든 이렇게 독특한 외모니까 착각할 리가 없지."

오노에는 자신의 튀어나온 배와 대머리를 쓰다듬었다. 그러고는 이야기를 계속했다.

"게다가 분명히 내 옷을 입고 있었던 모양이야. '그 셔츠를 입고 있었다'거나 '그 가방을 들고 있었다'고 모두 똑똑히 기억하고 있었으니까."

"그래, 소지품은 속일 수 없지."

"하지만 짚이는 데는 있어."

오노에가 목소리를 낮추었다가 이야기를 계속했다.

"지난 몇 달 동안 신작 뮤지컬을 준비하느라 정말로 바빴거든. 도쿄에서 줄곧 호텔에 틀어박혀 지내느라 어디에도 가지 못했어. 그래서 '그 가게에 가야 하는데'라든가 '거기서 그걸 사지 않으면 안 되는데' 하는 생각이 늘 머리 한구석에 자리 잡고 있었지. 실은 내 분신이 목격된 곳이 모두 내가 가고 싶어 했던 곳 근처야."

"흐음."

"어떤 의미에서는 이해하기 쉬워."

"너 대신 가 주고 있는 거로군."

"그게 말이지." 하면서 오노에는 심각한 표정을 지었다. "일이 대충 일단락되고 나서, 그동안 가지 못했던 단골 찻집에 갔지. 그런데 마스터한테 오랜만이라고 말했더니, '예? 얼마 전에 오셨잖아요?' 하는 거야."

"정말로 너 대신 가 주고 있었네."

"순간, '앗, 그놈이다!' 하고 생각했지만, '아, 그랬나요?' 하고 얼버무렸지. 그랬더니 마스터가 '여느 때처럼 블렌드 200그램을 사 가셨어요.' 하더라고."

"커피까지 샀다고?"

"그때는 좀 곤란하다고 생각했어."

"그건 분신이라기보다는 생령(生靈)인데."

"제기랄, 내가 샀다는 커피 원두는 어디 있는 거지?"

"아아, 그게 곤란하다는 거였냐?"

"그 뒤로 분신이 다시 나타나진 않았어?"

다몬이 물었다.

"응, 지금은 상황이 안정돼서 가고 싶은 곳에 갈 수 있으니까 분신이 나와야 할 필연성은 없는 것 같아."

"어쩌면 지금 여기 있는 게 오노에의 분신일지도 모르지. 진짜 오노에는 호텔에 틀어박혀 일하는 중이고."

다몬은 후후후, 하고 웃었지만 미즈시마와 구로다는 순간 입을 다물고, 어딘지 모르게 이상하다는 눈빛으로 오노에를 바라보았다.

오노에는 흠칫 놀란 듯 당황한 표정을 지으며 자신을 가리켰다.

"아니야. 나야, 나. 오노에 본인이라고."

"그렇겠지."

그렇게 대꾸했지만, 미즈시마와 구로다의 눈은 여전히 의심에 차 있다.

다몬만 어이가 없다는 듯 세 사람의 얼굴을 둘러보고 있었다.

7

셔터가 내려진 그 작은 부스의 간판에는 '벼랑가 점'이라고 커다랗게 쓰여 있었다.

"가게 이름이 어마하군."

"어떤 놈이 저기서 점을 칠까?"

구로몬 시장의 상가를 나오자, 배가 불렀기 때문에 오늘은 이것으로 찻집 순례를 끝내기로 했다.

히고바시 근처 식당에 저녁 식사를 예약해 두었지만, 아직 시간이 있었기 때문에 구로몬 시장 근처에 있는, 오사카에서 가장 오래된 신사를 구경하기로 했다.

구불구불한 언덕길을 올라가서 경내로 들어가자, 무언가 사연이 있어 보이는 커플이 한가롭게 담배를 피우고 있는가 하면, 동네 아이들이 놀고 있기도 했다. 지극히 서민적인 신사다.

게다가 수많은 신을 모시고 있어서, 작은 신사들이 빼곡히 늘어서 있다.

"토목건축의 신, 조루리*의 신…… 여긴 완전히 신들의 백화점이군."

어슬렁어슬렁 작은 신사들 앞을 지났을 때 만난 것

---

* 가부키나 분라쿠(인형극) 같은 일본의 전통 공연 예술에서 비파나 샤미센 반주에 맞추어 이야기를 낭송하는 것.

이 바로 그 '벼랑가 점'의 부스였다.

아무래도 오늘은 쉬는 날인 것 같았다.

"도박의 신도 있나?"

"뭔가 절실한 게 있는 것 같아."

네 사람은 점집 간판을 쳐다보았다.

"아니, 어쩌면 이 장소에서 딴 이름이 아닐까? 이것 봐. 여기는 정말로 벼랑가야."

다몬은 무심코 부스 옆의 울타리 아래를 내려다보며 말했다.

"정말이네."

"여기 꽤 높은데."

"고원의 가장자리 같아."

모두 벼랑 아래를 내려다본다.

"나는 조루리 신당에 새전을 넣고 올게. 지카마쓰 몬자에몬[*]이 모셔져 있고, 예도(藝道)의 신에게 기도를 드려 두면 좋을 것 같아."

다몬이 신사 쪽을 턱으로 가리키며 말하자, 오노에도 "나도 참배하고 올게." 하면서 다몬을 따라왔다.

"그럼 우리도……."

미즈시마와 구로다도 걷기 시작한다.

---

* 近松門左衛門(1653~1725): 일본의 분라쿠와 가부키의 극작가. 일본 최고의 극작가로 꼽힌다.

"의사와 검사의 예도는 뭐지?"

"양쪽 다 기술은 필요하잖아."

한 줄로 서서, 왔던 길을 천천히 돌아간다.

"어라?"

다몬은 조루리 신사 앞에서 누군가가 고개를 숙이고 있는 것을 발견했다.

온순한 얼굴로 두 손을 합장하고 있다.

"오노에?"

"왜?"

귓가에서 그렇게 대답하는 소리가 들리자, 다몬은 흠칫 놀라서 옆을 돌아본다. 오노에가 의아한 얼굴로 다몬을 바라보고 있다.

"어?"

혼란스러워진 다몬이 앞을 보니, 오노에가 빠른 걸음으로 잽싸게 멀어져 가는 것이 보였다.

"오노에?"

"그러니까, 왜 부르냐고?"

옆에 있는 오노에가 초조한 듯한 소리를 냈다.

"아아, 지금 저기 그……."

다몬은 입안에서 우물우물 중얼거리고는 뒷말을 삼켜 버렸다.

미즈시마와 구로다의 얼굴을 보았지만, 그들은 아무

것도 보지 못한 듯 한가롭게 잡담을 나누고 있다.
"아니, 아무것도 아니야."
"이상한 녀석."
으음, 역시 분신은 있는지도 몰라.
다몬은 식은땀이 흐르는 것을 느끼고, 조루리 신사 앞에서 두려움에 떨면서 두 손을 모았다.

커피 괴담
VI

1

"남자 넷이 나란히 앉아 있으면 왠지 이상한 느낌이 들어."

미즈시마가 나직이 중얼거렸다.

"카운터 자리라면 언제나 이렇지."

다몬이 말하자, 미즈시마는 미간을 찌푸리며 다몬 쪽을 바라보았다.

"여기는 테이블석이잖아. 테이블석에서 네 사람이 나란히 앉으면 아무래도 어색한 기분이 들어."

"왜, 좋잖아. 이렇게 나란히 앉아서 정원을 바라보는 것도 아주 운치가 있는걸."

다몬은 기쁜 듯이 눈앞의 정원을 둘러보았다.

"단팥죽이 맛있어. 다시마절임도 맛있고."

오노에는 만족스러워 보인다.

"여전히 단것을 좋아하는군."

구로다가 한숨을 내쉰다.

늦가을의 교토.

여기는 교토고쇼*의 서쪽, 주택가에 녹아들듯 조용히 서 있는 단층 건물에 자리 잡은 노포 화과자점의 찻

---

* 京都御所. 도쿄로 천도(1868년)하기 전까지 교토에서 일왕들이 거주하던 곳.

집이다.

찻집을 여기저기 순례하면서 괴담을 이야기하는 이 모임도 이제는 예삿일이 된 느낌이지만, 이번에는 돌고 돌아 그들이 처음 모였던 교토로 돌아왔다.

다행히 이번에도 처음부터 멤버 넷이 모두 모였다.

오전 11시가 지난 시각.

교토 현지에서 집합하기로 했는데, 맨 먼저 도착한 오노에가 정원에 면한 테라스석에 앉아 있었기 때문에 (실은 모든 좌석이 정원을 향해 앉도록 되어 있다), 각자 따로 도착한 나머지 세 사람은 오노에의 옆자리에 차례로 앉게 된 것이다.

화과자점에서 경영하는 찻집인 만큼 주요 메뉴는 단맛이 나는 차다.

소박한 정원이었다. 테라스석을 따라 검은 석조 수반이 있고, 정원 한구석에는 벚나무로 보이는 고목이 있다. 정면에는 아담한 곳간과 이나리* 사당.

"조용하군."

구로다가 중얼거렸다.

"어딜 가도 혼잡한데, 여기는 딴 세상이야."

"주택가니까. 이 근처에는 높은 건물이 전혀 없어."

---

* 稲荷. 일본 신화에서 풍요, 농업, 번영, 사업 번창 등을 관장하는 신.

"여기서 하면 커피 괴담이 아니잖아."

미즈시마가 불만스러운 듯이 말한다.

"말차 괴담이야."

"난 말차 좋아해. 말차 맛이 나는 과자 같은 건 좋아하지 않지만."

다몬은 말차를 홀짝거린다.

"지금은 프랑스 과자든 뭐든 대개는 말차 맛 나는 게 있더라고."

"과자라는 말이 나와서 말인데, 다몬, 그 사건, 기소할 수 있었어."

구로다가 얼굴을 들고 말한다.

"그 사건이라니?"

"왜 있잖아. 네가 겐잔구이에서 연상해서, 과자를 제물로 바치고 있었던 게 아니냐고 말한 사건."

"아아, 그런 일도 있었지."

다몬은 별로 흥미가 없어 보인다.

"우와."

"대단해."

오노에와 미즈시마가 박수를 쳤다.

"정말이지 너랑 친구여서 좋았어."

구로다는 진지하게 고개를 끄덕이고 있다.

"그건 나랑 친구여서 좋았다는 이야기겠지. 다몬은

내가 데려왔으니까."

오노에가 자기 얼굴을 가리킨다.

"그래, 그래. 너희들이랑 친구여서 좋았어."

"아아, 그러고 보니 나는 토담이 무서웠어."

갑자기 다몬이 이야기하기 시작했다.

"'그러고 보니'라니, 대체 어디서 이야기가 연결되는 거야?"

미즈시마가 묻는다.

"이곳엔 토담도 없는데. 곳간은 있지만."

구로다도 눈앞의 경치에 두 팔을 벌려 보인다.

"초등학교 때였나? 그때 나는 일본 어딘가에 있었는데, 학교 가는 도중에 긴 토담이 있었어. 어느 날 해 질 녘에 친구와 둘이 이야기를 나누면서 토담 옆길을 걷고 있었지."

다몬은 으레 그러듯이 친구들이 캐묻는 것도 상관하지 않고 이야기를 계속한다.

"이봐, 이봐."

"'그거' 안 해도 돼?"

구로다와 미즈시마가 오노에를 바라본다.

"아아, 알았어. 커피 괴담에 잘 오셨습니다."

오노에가 입을 열려고 하자, 다몬이 선수를 쳐서 말했다. 그러고는 이야기를 계속한다.

"그런데 우리보다 10미터쯤 앞에 한 여자가 걷고 있었어. 젊은 여자인데 머리는 보브커트로 짧게 잘랐고, 하얀 원피스를 입고 있었지. 별로 이렇다 할 특징도 없는 평범한 보통 사람."

모두 다몬을 바라본다.

"그런데 문득 깨닫고 보니까 여자가 어느새 사라지고 없는 거야."

"길을 벗어났거나 다른 길로 빠져 버린 거 아냐?"

"아니야. 길게 이어지는 외길이고, 담벼락에는 전혀 틈새가 없었어. 게다가 토담을 따라 뻗어 있는 인도에는 가드레일이 담벼락과 나란히 이어져 있었거든. 이 가드레일 역시 중간에 끊어지지 않고 쭉 연결돼 있었어. 그런데 사라져 버린 거야."

"에헤."

모두 입을 모아 비명을 지른다.

"우리도 놀라서, '어!' 하고 소리를 지르고 주위를 둘러보았지. 하지만 어디에도 없었어. 가드레일을 타고 넘어가거나 했다면 우리도 분명 알아차렸을 거야. 그래서 우리는 서로 '없어졌어?' '어떻게 된 거지?' 하다가 그만 오싹 소름이 끼쳤지. 둘이서 쏜살같이 달려서 집으로 돌아갔어. 그것뿐이야."

"으음, 확실히 토담은 무섭군."

미즈시마가 팔짱을 끼었다.

"도쿄의 고쿠분지(国分寺) 쪽에 유명한 유령이 있었지. 남자아이 유령인데, 밤중에 길을 걷고 있으면 뒤에서 자박자박 따라온대. 무서워져서 도망치면 길옆의 토담 위를 달려서 쫓아오는 거야. 그래서 다음 순간에는 바로 옆에 와 있고."

"우와아, 달리는 유령은 싫어!"

모두 몸서리를 친다.

"그리고 오래된 토담에는 이상한 얼룩 같은 게 생기기도 하잖아."

"사람 옆얼굴처럼 보이는 얼룩도 있어."

"그러고 보니 봄에 일 때문에 교토에 왔는데, 그때도 이상한 걸 보았어."

다몬이 말머리를 돌린다.

"그러니까 그 '그러고 보니'는 어디서부터 이어지는 건데? 토담이야?"

"토담도 있었지만, 정확히 말하자면 안뜰이야. 갤러리에 딸린 찻집 안뜰."

"그래서?"

"거기서 커피를 마시고 있었어. 그 안뜰은 아무것도 없고, 네모나게 구획된 공간에 하얀 모래를 깔아 놓고 그 위에 줄이 그어져 있었지."

"긴카쿠지* 정원처럼?"

"그래. 가레산스이**라고 하지? 아무것도 없이 살풍경하지만 이건 이것대로 재미있구나, 하고 생각하면서 보고 있었어."

다몬은 눈앞에 있는 검은 수반을 바라보았다.

모두 거기에 이끌려 같은 곳으로 시선을 돌린다.

조용한 수면.

"그런데 잠깐 눈을 떼었다가 잠시 후 다시 안뜰을 보았더니, 손가락이 생겨나 있었어."

"손가락?"

모두 동시에 되물었다.

"그래. 집게손가락이었나? 안뜰 구석의 하얀 모래 사이에서 손가락 하나가 삐죽 튀어나와 있는 거야. 손톱이 달린 손가락이 솟아나 있었어."

"으악."

"뭐야, 그건."

모두 저마다 비명을 지른다.

"'앗, 저건 손가락이다.' 하고 놀라서 얼굴을 창에 가

---

* 銀閣寺. 교토시 사쿄구에 위치한 선불교 사찰인 지쇼지(慈照寺)의 별칭. 기타구에 있는 킨카쿠지(金閣寺)와 더불어 유명하다.
** 枯山水. 물을 사용하지 않고 돌과 모래 등으로 산수풍경을 표현하는 일본 정원 양식.

까이 대고 뚫어지게 바라보았는데, 아무리 봐도 역시 사람 손가락인 거야."

"으아아, 소름 끼쳐."

"하지만 마치 내가 본 것을 알아차린 것처럼 손가락이 모래 속으로 쓰윽 들어가 버렸어."

"에헤."

"꿈이라도 꾸었나, 하고 생각했지. 눈을 비비고 유심히 보았지만 모래에 구멍이 나 있는 것도 아니고, 지금 그건 도대체 뭐였을까 싶은 게……."

"정말 그건 뭐였지?"

"다몬, 어떻게 그런 이야기를 그렇게 태연히 할 수 있지?"

그 정경을 상상했는지, 모두 얼굴이 창백해져 있다.

"대단해, 다몬. 느닷없이 문이 활짝 열려 버렸군. 이거야말로 우리의 커피 괴담이지."

오노에가 언짢은 듯이 중얼거리고는 단팥죽을 후루룩 들이마셨다.

2

두 번째 가게까지는 조금 거리가 있었다.

11월에 접어들었지만 날이 화창하고 따뜻했기 때문

에 네 사람은 다음 가게까지 걸어서 가기로 했다.

"하늘이 정말 드넓군."

"단풍은 전혀 안 들었네. 해마다 단풍 드는 게 늦어지고 있어."

큰길 너머에 보이는 산은 군데군데 노란색이나 주황색으로 물들어 있지만, 대부분은 여전히 초록색으로 남아 있다.

"지구온난화라는 것 때문인가?"

"교토고쇼를 가로질러 가자."

"이곳을 지날 때면 항상 생각하는데, 자전거 바퀴 자국이 한 줄기뿐이라는 게 재미있어. 모두 앞사람이 남긴 바퀴 자국 위를 달려가는 거야."

다몬은 모래가 깔린 길 한가운데에 깊이 새겨진 타이어 자국을 가리켰다. 바로 그 바퀴 자국 위를 달려가는 자전거가 저 멀리 보인다.

"짐승이 다니는 길 같아."

"이 바퀴 자국을 벗어나면 벌칙이 있다거나."

"위반 딱지를 떼인다거나."

자박자박 소리를 내며 모랫길을 걸으면서 네 사람은 소리 내어 웃는다.

"어릴 적엔 멋대로 규칙을 정해 놓고 걷기도 했지. 횡단보도에서는 하얀 선 부분만 밟아야 한다거나, 호텔 복도에서는 카펫 무늬를 피해서 걸어야 한다거나."

미즈시마가 중얼거리자 다몬이 반응했다.

"로알드 달*의 단편에 그런 이야기가 있었던 것 같은데? 한 아이가 카펫을 밟으면서 생각하는 거야. 특정한 색깔 무늬만 밟아야 한다고, 그 무늬의 바깥은 온통 뱀의 소굴이니까 절대 밟으면 안 된다고. 그렇게 속으로 정해 놓고 걷다가 실수로 무늬 바깥을 밟게 되지. 그런데 거기가 정말 뱀 소굴이어서 결국은 뱀에게 먹혀 버렸다는 이야기."

"아, 그거. 나도 읽은 적이 있어. 제목이 뭐였더라?"

둘이 생각에 잠긴다.

"나는 영화 「샤이닝」에 나오는 호텔의 카펫 무늬가 무서웠어. 지금 니혼바시**에 있는 T영화관 복도의 카펫이 영화에 나온 거랑 비슷한 무늬인데, 볼 때마다 섬뜩해."

오노에가 말하자 다몬이 고개를 끄덕였다.

"알고 있어. 거북 등딱지 무늬 같은 그거 말이지?"

"그 카펫 위를 삼륜차가 달려가는 장면이 엄청 무서

---

* Roald Dahl(1916~1990): 영국의 작가. 아동소설을 주로 썼다. 언급된 작품은 「소망」이다.
** 日本橋. 도쿄 시내 중심부의 번화가. 상업지구이자 금융가이기도 하다.

왔어."

"그래, 맞아. 카메라가 어린애 눈높이에 있었지."

교토고쇼를 가로질러 간선도로로 나온다.

거대한 배낭을 짊어지고 캐리어를 끌고 가는 외국인 관광객 커플과 엇갈렸다.

"짐이 엄청나군."

"저렇게 큰 배낭을 짊어지고 있는 건 대개 유럽에서 온 관광객이야."

"그쪽 사람들은 다부지고 강인해."

"트레킹이라든가, 그런 장거리를 걷는 데 익숙해져 있겠지."

고개를 돌려, 머리보다 높이 튀어나온 배낭이 멀어져 가는 것을 바라본다.

"아시아의 부유층 관광객 중에는 일본에 왔다가 호텔에 캐리어를 버리고 가는 사람이 많은가 봐. 버려진 캐리어는 대형폐기물이어서, 처리하려면 비용이 드니까 난처해하고 있다고 들었어."

미즈시마가 말하는 것을 듣고 다몬이 묻는다.

"아니, 돌아갈 때 짐은 어떻게 하려고 캐리어를 버리고 가지?"

"일본에서 더 큰 가방을 사서 선물을 가득 채워서 돌아간대."

"그렇구나."

"버려진 캐리어도 무서워."

구로다가 중얼거렸다.

"강가 모래밭에 불법 투기된 캐리어를 보면 불길한 예감밖에 들지 않아. 속에 시체가 들어 있는 게 아닐까 하고."

"열어 보기가 무섭지."

"그러고 보니, 옛날에 살던 아파트에서 이상한 체험을 한 적이 있어."

구로다가 문득 생각난 듯이 말하기 시작했다.

"그거 괴담이야?"

"글쎄, 괴담인지 아닌지는 모르겠어."

"어떤 체험인데?"

"아니 뭐, 특별히 이렇다 할 체험도 아니지만……. 내가 살던 아파트는 제법 규모가 큰 아파트였는데, 택시를 타고 돌아오면 평소엔 정면 출입구 앞에서 내리지만, 그때는 공사 차량인지 뭔지가 정면 일대를 막고 있어서 평소와는 다르게 아파트 끝쪽에 택시를 세우고 내렸지."

구로다는 당혹스러운 듯한 얼굴로 말을 잇는다.

"정면 쪽에서 보면 유독 그늘진 부분이 있는데, 바로 그곳에 방문자용 주차장이 있었어. 세 대 정도 주차할 수 있던가 그래."

기억을 더듬는 표정이다.

"그런데 문득 보니 주차장은 비어 있었지만, 주차 공간 한복판에 캐리어 하나가 덩그렇게 놓여 있는 거야."

"호오, 불길한데."

오노에가 반가운 표정을 지었다.

"손잡이가 이렇게 최대한 끌어 올려진 상태로 놓여 있었어."

구로다는 손잡이를 잡아당기는 시늉을 해 보인 다음, 말을 이었다.

"오래 사용한 낡은 가방이었지만, 왠지 이상한 느낌이 들어서 가까이 다가가 봤지. 무슨 액체 같은 게 흘러나와 있으면 골치 아픈데, 하고 생각하면서 유심히 살펴봤어."

"그래서?"

"특별히 이상한 점은 없었지만, 다가가서 들어 올려 봤지. 그랬더니……."

"그랬더니?"

"가벼워. 흔들어 봐도 아무 소리도 나지 않아. 안은 텅 빈 것 같았어."

"에헤."

"왜 빈 캐리어가 이런 곳에 놓여 있을까, 하고 생각

했지. 버렸다고 하기에는 장소가 생뚱맞은 곳이었고, 혹시 차에 타면서 깜빡하고 두고 갔나 하는 생각도 했지만, 그렇다면 주차 공간 한복판에 있는 것도 이상하지 않아?"

"그래, 이상해."

"하지만 집에 가져갈 수도 없고 해서 주차 공간 밖으로 옮겨 두었지. 누군가가 가지러 올지도 모르니까."

"흐음."

"이야기는 그걸로 끝이야?"

구로다는 고개를 젓더니 이야기를 계속한다.

"아니. 이튿날 밤에도 역시 밤중에 택시를 타고 돌아왔는데, 그날은 아파트 정면에서 내렸어. 곧장 출입문으로 가려다가 문득 어제 그 가방이 어떻게 됐을까 궁금해졌지."

"대단해."

"아파트 끝쪽까지 걸어가서 방문자용 주차장을 살펴봤어."

"그랬더니?"

"전날 밤과 같은 곳, 가운데 주차 공간 한복판에 역시 그 가방이 어제처럼 덩그렇게 놓여 있는 거야."

"에에?"

"아니, 왜?"

"모르지. 하지만 같은 장소에 같은 가방이 놓여 있는 것을 보고는 왠지 오싹했어. 누군가가 어떤 의도를 가지고 일부러 그곳에 놔두었다는 거잖아? 그래서 그날은 그냥 내버려두고 집에 돌아갔지."

"그때는 가방을 들어 올려 보지 않았냐?"

미즈시마가 묻자 구로다는 어깨를 으쓱했다.

"가까이 가지도 않았어."

"으흠, 확실히 기묘한 이야기야."

오노에가 턱을 문질렀다.

"무슨 표시나 신호였던 건 아닐까?"

미즈시마가 중얼거렸다.

"어쩌면 누군가에게 건네주고 싶은 물건이 가방 안에 들어 있었고, 그것을 누군가가 가지러 왔을지도 모르지."

"아니면 거꾸로, 밤중에 누군가가 와서 빈 가방에 무언가를 넣어 둘 예정이었거나."

다몬이 그렇게 말을 받았지만, 구로다는 회의적인 표정이다.

"그 가능성은 나도 생각해 봤지만, 물건을 주고받는 방법치고는 너무 허술해. 물론 눈에 잘 띄지 않는 곳이고, 몰래 와도 의심받지 않을 테니까 물건을 주고받기에 좋은 곳이라고 말할 수도 있겠지만, 결국은 수수께

끼야. 사건으로 볼 수 있는지 어떤지도 모르겠어."

"밀회의 신호가 아닐까?"

미즈시마가 집게손가락을 세웠다.

"밀회라니, 그건 또 고전적이군."

오노에가 놀린다.

"분명히 근처 아파트에 그 주차장이 내려다보이는 집이 있을 거야. 거기에 캐리어가 놓여 있으면 남편이 집에 없다는 신호인 거고, 그걸 본 남자는 가방을 들고 여자 집으로 가는 거지."

"불륜 상대가 이웃에 살고 있다는 건가? 그렇다면 전화로 말해도 되잖아. 오늘 밤에는 남편이 없으니까 우리 집에 와도 된다고."

오노에가 불만스러운 듯한 소리를 낸다.

"분명 남자 쪽에도 가정이 있을 거야. 그렇기 때문에 캐리어를 신호로 이용해서 밤중에 몰래 집을 빠져나오는 거지."

"상상력이 대단해!"

"그랬다가는 들통나기 십상이야."

"남자의 와이프는 불면증이라 밤마다 수면제를 먹고 있는 게 분명해. 그래서 일단 잠이 들면 아침까지 곯아떨어지는 거야."

"그 발상은 과연 의사다워."

"그럼 구로다는 남의 연애를 방해한 건가?"

구로다는 쓴웃음을 지었다.

"모처럼 괴담만 이야기하고 있었는데, 느닷없이 속된 이야기가 되어 버렸군."

3

"여긴 수수한데?"

"이 건물, 원래는 여관이었던 게 분명해."

"아니, 병원이었나 봐."

전체를 하얗게 칠한 낡은 2층 건물. 도로에 면한 건물 한복판에 입구가 있고, 삐걱거리는 계단을 올라간 곳이 그들의 다음 목적지인 찻집이었다.

복도를 사이에 두고 양쪽에 미닫이문이 달린 방이 늘어서 있다.

프롤레타리아 문학으로 알려진 소설 제목을 가게 이름으로 썼는데, 일부러 그런 것인지 익살을 부린 것인지는 알 수가 없다. 가게 내부는 전혀 프롤레타리아 문학답지 않게 모던하고 세련되게 꾸며져 있다. 가게 한쪽에 마련된 갤러리 공간에는 수공예인 듯한 작품들이 조촐하게 전시되어 있었다.

4인용 테이블이 두 개, 도로에 면한 카운터석을 포

함하여 여남은 명이 들어오면 가득 찰 것 같은 작은 가게다.

창문과 가까운 쪽 테이블에 자리를 잡았다.

창밖에 가로수가 보이는 것이 왠지 모르게 향수를 자아낸다.

메뉴에는 세계지도가 그려져 있고, 그날 마실 수 있는 커피의 원산지에 작고 둥근 스티커가 붙어 있다.

저마다 산지를 지정하고, 원두를 연하게 볶을지 진하게 볶을지를 선택한다.

작은 나무 쟁반 위에 각자 주문한 커피포트와 손잡이 없는 잔이 놓여서 나왔고, 리필도 할 수 있었다.

첫 번째 가게에서 말차를 마셨기 때문에, 이것이 오늘 처음 마시는 커피였다.

"맛이 좋은데."

"이게 카페오레 볼(bowl)인가? 아니면 작으니까 그냥 찻잔일까?"

다몬이 그릇을 찬찬히 바라보았다.

"카페오레 볼은 요컨대 사발이겠지."

오노에가 중얼거리더니 말을 잇는다.

"그러고 보니, 우리 집에 붉은색 그림이 그려진 커다란 사발이 있었어. 어릴 적엔 친척들이 모일 때라든가 명절 음식을 담는다든가 특별할 날만 그 사발을 사용했지."

"비싼 그릇이야?"

"싸지는 않겠지만 골동품이나 그런 건 아니었어. 겉보기에 화려한 그릇이라서, 좀 경사스러운 날 사용했던 것 같아."

"붉은색 그림이라서 그런가?"

"내가 어릴 때는 자주 사용했지만, 할머니도 어머니도 점점 쓰지 않게 되었어."

미즈시마가 집게손가락을 세운다.

"알았다. 아마 무겁기 때문일 거야. 무거운 그릇은 점점 쓰기가 귀찮아져. 청소기 같은 것도 그렇잖아."

구로다와 다몬이 고개를 끄덕인다.

"그래. 옛날 청소기는 정말 무거웠지. 우리 어머니도 작년에 가벼운 청소기로 바꾸었어."

"가방도 옛날 가죽 가방은 무겁잖아. 예전에 사용했던 가방을 얼마 전에 오랜만에 꺼내 보았는데, 너무 무거워서 깜짝 놀랐다니까."

그러자 오노에는 힘차게 고개를 저었다.

"아니, 아니야. 그런 이유가 아니야. 내가 성인이 된 뒤에 한 번 물어본 적이 있어. 전에 늘 사용했던 그 사발을 요즘에는 왜 쓰지 않냐고?"

"그랬더니?"

"할머니나 어머니도 말하기를 망설였지만, 그 사발에 음식을 담아서 내놓으면 어김없이 누군가의 몸 상태가 나빠지기 때문이래."

"사발에 독이라도 들어 있었나?"

"아니면 식중독?"

"그럴 리가 없잖아. 하지만 듣고 보니 누군가가 위경련을 일으키거나 췌장염에 걸리거나 해서 사람들이 발을 동동 구른 기억이 떠오르는 거야. 물론 그 사발은 손님이 많을 때 꺼내는 거니까, 손님이 많을수록 누군가 컨디션이 안 좋아질 확률도 높아지겠지. 친척들이 모이면 잔치가 되니까 과식하거나 과음하는 일도 있을 테고. 그런 건 아니냐고 내가 말했더니, 할머니도 어머니도 이상한 표정을 짓는 거야."

"그래서?"

"지금이니까 털어놓는다면서 가르쳐 주셨어."

"뭔가가 있었군."

"할머니와 어머니는 나중에야 그 사발의 내력을 알았대. 그 사발은 할아버지의 누이, 그러니까 내 고모할머니가 시집갈 때 축하 선물로 받은 건데, 그분이 시댁에서 젊은 나이에 급사했어. 겨울에 부엌에서 쓰러져 돌아가셨지. 거미막하 출혈이라고 했지만, 사실은 남편한테 폭력을 당하고 있었던 모양이야. 결국 유야무

야로 끝나 버렸지만, 사실은 몇 번이나 맞아서 외상성 거미막하 출혈을 일으킨 게 아닐까 하고……."

"에헤."

"그럼 그 사발은?"

"고모할머니가 돌아가셨을 때, 마침 부엌에서 설거지를 하고 있었던 모양이야. 아직 자식도 없고 해서 유품은 친정으로 보내졌는데, 그 사발도 유품 중 하나였대."

"우와아, 너무 싫어."

"할머니와 어머니도 내력을 알고 나서는 사정을 납득하고, 앞으로는 사용하지 않기로 했대."

"납득했다는 게 또 무섭군."

"그 사발은 어떻게 됐어? 팔아 버렸나?"

"아니, 어딘가에 넣어 두었을 거야."

"언젠가 또 내력을 모르는 사람이 사용하다가 이 사발은 뭔가 이상하다는 걸 깨닫게 될지도 몰라."

"그런 건 얼마나 오래 계속될까?"

"저주?"

"응. 존재하는 한 계속될까? 아니면 액막이라든가 그런 걸 하면 괜찮아질까?"

"글쎄."

오노에가 다몬에게 문득 눈길을 던진다.

"저주라는 말이 나왔으니 말인데, 너한테 반드시 돌아오는 그 우산은 어떻게 됐어? 아직도 갖고 있냐?"

"아아, 그거. 갖고 있긴 하지만, 너덜너덜해질 만큼 낡아서 은퇴시켰어. 신발장 어딘가에 들어 있지."

"버리면 또 돌아올 것 같아서?"

"아니, 돌아왔어."

다몬이 시원스럽게 대답하자 모두 동시에 "어?" 하고 되물었다.

"우산은 불연성 쓰레기잖아? 그래서 아파트의 불연성 쓰레기 버리는 곳에 내놓았는데, 어찌 된 셈인지 내 우산만 가져가지 않아서 혼자 쓸쓸히 남아 있는 거야. 그게 왠지 불쌍해 보이더라고. 그래서 도로 가져와서 신발장에 넣어 두었어."

"그 우산, 혹시 네 눈에만 보이는 거 아냐?"

"역시 다몬에게 빙의되어 있어."

모두 어이없다는 듯이 다몬을 바라보았다.

4

가게를 나와, 가와라마치 거리를 남쪽으로 천천히 걸어간다.

"아, 이 느긋하고 널널한 느낌이 더할 나위 없이 좋아."

구로다가 하품을 하면서 태평스럽게 중얼거렸다.

"달리 맡고 있는 사건은 없냐? 또 다몬이 해결해 줄 수 있을 만한 사건."

미즈시마가 묻자, 구로다는 '크크' 하고 낮은 소리로 웃었다.

"지금은 없어. 하지만 타율이 아주 높아. 수사를 하기보다 이 모임에서 괴담을 이야기하는 편이 사건 해결에 더 도움이 되다니, 도대체 어떻게 된 거지?"

"그건 내가 묻고 싶은데."

다몬이 한숨을 내쉬더니 말을 이었다.

"하지만 실제로는 구로다가 무의식중에 해답을 내놓고 있고, 내가 거기에 반응할 뿐인지도 몰라. 요코하마에서 말했잖아. 구로다가 줄곧 고민하고 있었기 때문에, 옆에서 자고 있던 내가 그런 꿈을 꾸게 된 거라고."

"그럴 가능성도 있지."

오노에가 고개를 끄덕였다.

"뭔가 해결책을 머리 한구석에서 줄곧 생각하고 있으면, 다른 일을 하고 있어도 어딘가에서는 그 궁리를 계속하게 돼. 그러다가 어느 순간 컴퓨터가 갑자기 해답을 툭 내놓는 것처럼……."

"나는 딱 한 번 불가사의한 체험을 한 적이 있어."

미즈시마가 말하더니, 갑자기 허공을 쳐다보며 이야기를 계속했다.

"고등학교 3학년 때인데, 친구와 함께 하교하고 있었어. 그 친구는 1, 2학년 때 같은 반이어서 친하게 지냈지만, 3학년 때는 반이 갈려서 오랜만에 함께 하교한 거였지. 늘 다녀서 익숙한 길이었는데……."

"그거 괴담이야?"

"아니, 괴담은 아닌 것 같아."

미즈시마는 고개를 갸웃거리고 나서 이야기를 계속했다.

"우리 학교는 긴 비탈길을 올라간 곳에 있었고, 선로를 따라 그 비탈을 내려가면 역이 나와. 그때까지도 그 친구와는 헤아릴 수 없을 만큼 많이 그 길을 걸어서 다녔지. 그런데 그날은 비탈길을 내려오는 도중에 강렬한 데자뷔가 불쑥 떠올랐어. 오래전에 다른 나 자신, 다른 인생을 살고 있던 내가, 지금 옆에 있는 친구랑 지금과 똑같이 이 비탈길을 내려가고 있었다는 확신이 든 거야. 그래서 옆을 돌아보았더니 그 친구도 나를 보면서 역시 놀란 듯한 표정을 짓고 있었지."

미즈시마는 잠깐 말을 끊었다가 다시 이었다.

"그러다가 녀석이 이러는 거야. '지금 아주 이상한 느낌이 들었어. 오래전에 너랑 이 길을 걸은 적이 있다는 느낌.' 햐아, 정말 놀랐어. 나는 '어? 나도 방금 너랑 똑같은 걸 느꼈는데.' 하고 말했고, 둘이 '이건 거짓말이야.' '도대체 무슨 일일까?' 하면서 이상하다는 생각을 했지."

"우와!"

모두 감탄하는 소리를 낸다.

"데자뷔는 개인적인 문제라고 생각하지만, 왜 그때만은 둘이 동시에 같은 걸 느꼈는지 모르겠어. 그런 일은 그 이전에도 이후에도 일어나지 않았어. 단 한 번, 그때뿐이야."

미즈시마는 낮게 신음하고 다시 말을 이었다.

"일설에는 데자뷔를 이렇게 설명하기도 해. 뇌가 새로운 것을 체험할 때는 그때까지 습득한 지식으로 대응하려 하는데, 실수로 과거 경험들이 저장된 서랍을 열어 버렸기 때문에 이미 경험한 일처럼 느끼는 거라고. 그 설명대로라면 지금 말한 체험은 전혀 납득이 안 되잖아. 역시 데자뷔는 실제로 과거에 경험한 일이라고밖에는 생각할 수 없어."

"흐음."

"우리한테는 데자뷔를 느끼지 않아?"

구로다가 물었다.

"전생에도 이렇게 괴담을 이야기하고 있었을까?"

미즈시마가 되묻는다.

"만약 그렇다면 어떤 이야깃거리가 있었는지 알려 줘."

오노에가 꽤 진지한 얼굴로 중얼거린다.

이 녀석이라면 유령을 만나도, 또는 자신의 도플갱어에게도, '뭔가 무서운 이야기는 없냐?' 하고 물을 것 같다고 다몬은 생각했다.

5

다음 가게는 교토 시내에서도 가장 번화한 거리에 있었다. 세련되고 멋진 거리라고 할까. 패션 숍이 많고, 젊은이들이 신나게 떠들면서 일대를 활보하고 있다.

그밖에도 오래된 건물은 여기저기 보이지만, 오노에가 들어간 곳은 더욱 복고풍으로 디자인된 건물이었다.

출입구 좌우에 아르데코풍의 멋진 기둥이 서 있다. 창문도 그림책에 나올 것 같은, 묘하게 향수를 불러일으키는 디자인이다. 베이지색이라고 할까, 황토색이라고 할까, 벽 색깔도 예스럽다.

건물이 세워진 연도가 그대로 건물 이름이 되었다고 한다.

"여기는 원래 신문사 지국으로 지은 건물이래. 지금 가는 가게는 지하 창고였던 곳이야."

"그렇군."

좁은 계단을 내려가다 보니, 벽에는 전단지가 잔뜩 붙어 있었다.

"우와, 언더그라운드다."

"그야 여기는 실제로 언더그라운드니까."

"왠지 라이브 클럽 같아."

"실제로 라이브 공연도 하고 있어."

놋쇠 손잡이가 달린 오래된 문을 열자, 뜻밖에 천장이 높고 널찍한 공간이 나왔다. 안쪽에 피아노가 보인다.

벽의 페인트가 벗겨져 그 색감에 변화가 생긴 것이 추상화 같은 분위기를 자아내고 있었다.

"호오, 메뉴가 풍부한데."

"술도 마실 수 있어."

카운터에서 음료와 음식을 주문하는 캐시 온 딜리버리 시스템*이다.

좌석은 벽을 따라 붙박이로 설치된 벤치와 장의자로 나뉘어 있고, 긴 테이블을 사이에 두고 앉도록 되어 있다.

---

* cash on delivery system. 보통 술집에서 종업원이 서빙을 다 해 주고 나중에 계산하는 것과 달리, 그때그때 카운터로 가서 주문하고 선불한 뒤 직접 음료를 받아 오는 배달 방식.

"분위기가 되게 차분하군."

"학창 시절로 돌아간 느낌이야."

꽤 많이 걸어서 배가 고팠기 때문에, 이번에도 '커피' 괴담이 아니라 각자 맥주와 와인을 주문하고 안주도 몇 접시 주문했다.

"벌써 밤이 된 기분인걸."

"여기는 지하지만 햇빛이 들어오게 되어 있어."

천장 가까이에 창문이 있고, 거기에서 들어오는 부드러운 햇빛을 느낄 수 있다.

"테이블이 고물이군. 이건 신문사 시절부터 사용한 물건이 분명해."

표면이 상처투성이인 긴 테이블을 구로다가 톡톡 두드렸다.

"아마 편집부 기자가 이 테이블 위에서 지면의 레이아웃을 궁리했을 거야."

"잉크가 배어들어 있어."

"담배 연기로 훈제라도 된 것 같아."

술이 나왔기 때문에 일단 건배했다.

"저 문을 보고 생각이 났는데……."

맥주를 한 모금 마시고 미즈시마가 입을 열었다.

"대만의 타이베이 번화가에 외국 자본으로 지은 대형 호텔이 있어. 그런데 현지인들은 그 호텔에 절대로

묵지 않는대."

"왜?"

"원래 처형장이었던 곳을 개발해서 호텔을 지었기 때문이래."

"으흠."

"높은 층에 유령이 나온다는 소문도 있는 모양이야."

"왜 높은 층이지?"

"몰라. 현관으로 들어가면 로비가 있고, 직원 구역과의 경계에 거대한 자동문이 있는데, 그 문이 번쩍거리는 스테인리스로 되어 있거든."

"으흠."

"그 자동문 양옆에 똑같은 그림이 장식되어 있는데, 크기가 엄청나. 아마 다다미 열 장 정도는 되지 않을까. 현대 미술인가 싶었는데, 현지인에게 물어보니 그게 부적이라는 거야. 놀라서 무슨 소리냐고 되물었더니, 그 번쩍거리는 자동문이 거울 대신이래. 풍수적으로 거울은 악귀를 물리친다지. 그래서 위험한 기운이 들어올 듯싶은 곳에는 거울을 두잖아?"

"한때 그런 게 유행했지. 행운을 가져다주는 아이템이라든가, 황금색 물건을 어딘가에 놓아두라든가."

"그래, 바로 그거야. 풍수적으로 말하면 자동문은 나쁜 게 드나들지 못하는 일종의 경계선인 모양이야. 좌우 일직선으로 열리는 문이니까. 하지만 여닫이문은 좋지 않은가 봐. 문을 여닫을 때 경계선을 넘게 되니까 나쁜 게 드나들게 된다는 거지."

"그렇군."

"자동문은 무서워."

오노에가 레드와인을 마시고는 말을 이었다.

"지금은 버튼을 누르면 열리는 자동문이 많지만, 과거에는 사람이 지나갈 때마다 끊임없이 열리거나 닫히거나 했지. 때로는 아무도 없는데 멋대로 열리기도 하고."

"반대로, 무엇 때문인지 자동문이 반응해 주지 않는 사람도 있었어. 그건 체중에 반응한 걸까?"

"지뢰와 같은 원리겠지."

"어린애라면 모를까, 어른인데도 이따금 자동문이 반응하지 않는 사람이 있었어."

"그것도 무섭군."

"내가 어릴 적에 자주 갔던 중국집이 있는데, 때로는 아무도 지나가지 않는데도 자동문이 열리곤 했어. 걸핏하면 오작동이 일어나니까 모두 그러려니 했지. 아케이드 상가 안에 있고 사람 왕래가 잦으니까, 또 행인에게 반응했구나 생각하고 모두 예사로 넘겼지."

"으흠."

"그런데 그 식당의 간판 역할을 하는 고양이가 있었어. 검은 고양이였는데, 평소에는 선반 높은 곳에 그냥 멍하니 앉아 있어. 당시에도 이미 나이가 많았으니까 언제나 꾸벅꾸벅 졸고 있고, 손님이 말을 걸어도 거의 반응하지 않아. 장식품이나 다름없는 상태였지."

"그런 고양이가 있지. 식빵 자세라고 했던가? 직육면체 모양으로 몸을 웅크리고 있어서 발도 안 보여."

"그래, 그런 느낌이야. 손님이 드나들든, 큰 소리를 내든, 전혀 반응이 없어. 그런데 이따금 오작동으로 자동문이 열렸을 때는 움찔 놀라면서 눈을 뜰 때가 있었지. 고양이는 종종 동공이 바늘처럼 가늘어지잖아? 그 고양이도 눈이 그렇게 돼. 그 고양이는 눈이 황금색이어서 신경이 더 쓰여. 나는 그때 카운터 자리에 앉아 있어서 고양이 얼굴이 잘 보이는 위치에 있었는데, 그 눈이 움직이는 거야. 분명히 가게 안으로 들어온 무언가를 눈으로 따라가고 있는 듯한 느낌이었지. 얼른 그쪽을 돌아보았지만, 물론 아무도 없었어."

오노에는 출입구 쪽을 힐끗 돌아보았다. 거기에 이끌려 다른 세 사람도 출입구를 바라본다.

물론 문은 닫힌 채였고, 누군가가 드나든 기척도 없다.

"고양이는 원래 그런 동물이야. 천장의 한 점을 뚫어지게 바라보거나, 털을 곤두세우고 위협하거나, 누군가에게 야옹야옹 울거나 하지. 아, 고마워."

안초비포테이토를 나누려고 미즈시마가 접시에 손을 뻗었기 때문에, 다몬이 앞접시를 건네준다.

"고양이가 반응할 때는 무언가가 가게에 들어오는 게 분명해."

"그렇게 대단한 건 아니었던 것 같아. 고양이는 곧 흥미를 잃고 다시 잠들어 버렸으니까."

오노에는 어깨를 으쓱한다.

"무언가가 들어온다고?"

다몬이 중얼거렸다. 그러고는 문득 생각난 듯이 고개를 들고 입을 연다.

"캔디 맨, 캔디 맨, 캔디 맨, 캔디 맨, 캔디 맨."

"이봐. 느닷없이 무슨 소리야?"

흠칫 놀란 것처럼 구로다가 다몬을 바라본다.

"부르면 누군가가 오지 않을까 해서. 전에 이걸 말했을 때는 구로다가 왔거든."

"이봐, 이봐."

그때 갑자기 덜컹하는 요란한 소리가 나더니 출입문이 열렸다.

"어?"

종업원도 손님들도 모두 놀라서 출입구 쪽을 바라보았다.

아무도 없다.

문은 활짝 열린 채, 딱 멈춰 있었다.

종업원이 고개를 갸웃하더니, 빠른 걸음으로 문을 닫으러 간다.

"누가 왔나? 아, 왔다, 왔어."

다몬이 마치 통로에 누군가가 왔던 것처럼, 그 누군가를 태평스럽게 눈으로 좇았다.

"그만해. 너, 그 말 농담이지?"

오노에가 기분이 언짢은 듯 다몬에게서 슬며시 몸을 떼었다.

6

이날 마지막으로 갈 곳은, 교토에서 처음 '커피 괴담'을 가졌을 때 역시 마지막으로 갔던 가게였다.

"아아, 반갑군."

가와라마치 도로변에 있는, 내림이 좁고 길쭉한 가게. 가족이 경영하고, 1층과 지하로 나뉜 가게다.

오노에가 망설이지 않고 지하로 내려가자, 모두 그를 따라 내려간다.

"왜 지상이 아니라 언제나 지하야?"

"지하밖에는 들어가 본 적이 없으니까."

"그렇구나."

친구 집에 온 듯한 분위기.

그러고 보니 이 가게 카운터에서 지난번에는 오노에의 할머니를 보았었다.

다몬은 계단 위에서 슬며시 카운터를 살핀다.

설마 그럴 리는 없겠지, 하고 생각했지만, 역시 오늘은 없었다(지난번에도 정말로 있었는지 어떤지는 모르지만).

카운터에는 열 살쯤 된 아이를 사이에 두고 두 남자가 앉아서 무언가 소곤소곤 이야기를 나누고 있다.

목소리가 낮아서 잘 들리지는 않지만, 스페인어 같다. 외국인일까.

네 사람은 맨 안쪽에 있는 테이블에 자리를 잡는다.

모두 블렌드커피를 주문했다.

"마무리는 그래도 정통 커피로 해야 하지 않겠어?"

미즈시마가 커피를 홀짝거린다.

"오늘 밤에 갈 술집은 니조성 쪽이랬지?"

구로다가 묻는다.

"응, 친구가 가르쳐 주었어. 최근에 생긴 가게인데, 일본 술이 맛있는 모양이야."

"좋지."

"그런데 용케 계속되고 있군. 이 모임 말이야."

미즈시마가 어이없어하는 표정으로 가게 안을 둘러본다.

"계속되고 있는 것 자체가 괴담이야."

"이해관계가 없으니까 계속되고 있는지도 모르지."

구로다도 커피를 홀짝거린다.

"앞으로도 계속할 거야?"

다몬이 묻자, 오노에가 고개를 끄덕이며 "가능한 한."이라고 대답했다. 슬쩍 윙크를 보낸 것은 전에 '일의 아이디어가 떠오르니까 모임을 계속하고 싶다'고 말한 것을 거듭 확인하는 의미일 것이다.

"이야깃거리가 계속될까?"

미즈시마가 회의적인 투로 말하자, 오노에가 "흥!" 하고 콧구멍을 벌렁거린다.

"뜻밖에 계속되고 있잖아. 세상에 괴담거리는 한이 없어."

"정말 그래."

다몬은 카운터에 앉아 있는 아이가 자기를 보고 있는 것을 알아차렸다.

다몬이 있는 자리에서만 카운터에 앉아 있는 손님이 보인다.

어라?

본 기억이 있는 얼굴이었다. 천진난만한 표정, 몸집

이 작은 말라깽이 남자아이.

―나잖아.

다몬은 지극히 냉정하게 그 사실을 받아들이고 있었다.

그렇다면 저 아이의 좌우에 있는 남자들은?

얼핏 옆얼굴이 보인다.

아버지다. 그러면 또 한 사람, 나와 가까운 쪽에 있는 사람은?

그 사람도 잠깐 이쪽을 향해 옆얼굴을 보여 준다.

아니, 언제나 아버지와 내가 체스를 두는 것을 보러 오던 그 할아버지잖아.

'체크메이트'라는 목소리가 뇌리에 되살아난다.

어린 다몬은 이쪽을 물끄러미 보고 있다가, 이윽고 흥미를 잃은 것처럼 카운터 쪽으로 다시 고개를 돌려 버렸다.

아하, 아까 그 가게에서 내가 불러낸 것은 저 세 사람이었구나.

다몬은 작게 한숨을 내쉬었다.

지하 찻집. 언더그라운드. 저승에 사는 사람들.

이렇게 보면 산 자와 죽은 자는 별반 다르지 않을지

도 모른다. 뜻밖에 이런 식으로 일상생활에 예사로 섞여 들어 함께 살고 있는지도 모른다.

—어쩌면 나도 벌써 죽었는지 몰라.

문득 그런 생각이 들었다.
이렇게 괴담을 이야기하고 있는 나는 누군가가 보고 있는 데자뷔인지도 모른다. 미즈시마가 전에 비탈길에서 보았던 과거 데자뷔의 일부인지도.
다몬은 이상하게도 평온한 기분으로 카운터에 앉아 있는 세 사람의 등을 바라보고 있었다.
그래. 이 작은 커피잔 속 어둠에 비친 내 얼굴만이 현실이다. 이렇게 괴담에 몸서리를 치고, 내가 안전지대에 있다는 것을 절실히 확인하는 이 순간만이 현실이다.

다몬은 커피잔 속에 가만히 눈길을 떨어뜨리고, 잔에 남아 있던 작은 어둠을 조용히 들이켰다.

덧붙이는 말

쓰카자키 다몬이 오랜만에 등장한 셈이다.*

그러니 『불연속 세계』 계열의 이야기라고 할 수도 있지만, 엄밀하게 이어지지는 않는다.

작년에 환갑을 맞았다. 스스로 실감하고 있거니와, 시간 계열이라는 것은 그렇게 정확히 계속되고 있지 않고, 믿을 수 없는 것이구나 하고 요즘 자주 생각한다.

사람은 기억으로 이루어져 있다. 기억이라는 것은 항상 뇌 속에서 뒤섞이고 고쳐지며, 내용도 순서도 유동적이다. 내가 나의 기억으로 나의 세계를 보고 있으니까, 다른 사람이 보고 있는 세계와는 다른 것이다.

또한 데뷔 30주년을 맞이하여 비로소 내가 호러 체질의 작가라는 것을 깨달았다.

이제 와서 새삼스럽게 무슨 소리냐는 말을 듣겠지만, 정기적으로 무서운 작품을 쓰고 싶어진다는 것을

---

* 주인공 쓰카자키 다몬(塚崎聞)은 『달의 이면』(2002)과 『불연속 세계』(2008)에 주인공으로 나온 바 있다. 이 작품들에는 쓰카자키와 친구들이 여행지에서 만나는 이상한 사건이나 괴담이 그려져 있다.

지금까지 자각하지 못했다. 독자로서 호러물을 좋아한다는 것은 어릴 적부터 자각하고 있었지만.

이 『커피 괴담』에 나오는 '괴담'들은 거의 다 실화이다. 다소 각색한 것도 있지만, 대부분 누군가에게 들은 이야기이거나 내가 직접 경험한 이야기이다. 지어낸 이야기는 손꼽을 정도밖에 없고, 그것도 실제로 일어난 사건에서 힌트를 얻었다.

왜 '커피 괴담'인가? 과거에는 '맛있는 커피는 밖에서 마신다'는 주의였다. 집에서는 인스턴트커피밖에 마시지 않았다(인스턴트커피는 또 그것대로 좋아한다). 하지만 코로나 재난의 영향도 있어서 결국 집에서 커피를 내리게 되었기 때문에, 찻집 순례는 이전부터 취미였지만, 지난 몇 년간은 방문한 찻집에서 내가 좋아하는 원두를 찾고 있다. 그 경험을 살리지 않을 수는 없다고 생각했다.

개인이 운영하는 찻집은 저마다 독특한 분위기가 있어서 재미있다. 다른 세계, 다른 시대에 있는 것처럼 느껴지는 찻집도 많이 있다. 괴담을 이야기하는 무대로는 안성맞춤이다.

간다, 교토, 고베, 오사카에는 내가 좋아하는 원두를 파는 가게가 있어서, 거기에 들렀을 때는 반드시 원두를 구입한다. 이 소설 속에도 몇 군데 등장한다.

모두 실제로 존재하는 가게들을 모델로 삼았다. 어느 찻집을 모델로 삼았는지, 아는 사람은 금방 알겠지만, 굳이 이름을 밝히지는 않았다. 개중에는 이제 없어져 버린 가게도 있다.

이 연작 소설도 상당히 오랜 기간에 걸쳐 썼기 때문에, 그 사이에 풍속의 변화를 느낀 경우도 있다.

설마 일본 팝이 세계에서 주목을 받거나, '타워 레코드'의 음반 매장이 되살아나 전 세계에서 고객이 몰려오게 되리라고는 전혀 예상하지 못했다.

2025년 2월

온다 리쿠

커피 괴담

초판 1쇄 인쇄 2025년 12월 5일
초판 1쇄 발행 2025년 12월 15일

지은이 온다 리쿠
옮긴이 김석희
기획실 정진우 정재우
주간 김종숙 | 책임편집 김은혜 | 편집 정소영 김혜원
디자인 강희철 | 마케팅 홍보 고다희
디지털콘텐츠 구지영 | 제작 관리 윤준수 고은정 이원희
제작처 영신사 | 표지 본문 디자인 상록

펴낸곳 열림원 | 펴낸이 정중모 방선영
출판등록 1980년 5월 19일 (제406-2000-000204호)
주소 경기도 파주시 회동길 152
전화 031-955-0700 | 팩스 031-955-0661
홈페이지 www.yolimwon.com | 이메일 editor@yolimwon.com
페이스북 /yolimwon | 트위터 @yolimwon | 인스타그램 @yolimwon

ISBN 979-11-7040-347-0 03830

* 출판사의 서면 허락 없이 내용의 일부를 무단 도용하거나 발췌하는 것을 금합니다.
* 책값은 뒤표지에 있습니다. 잘못된 책은 구입하신 곳에서 교환해드립니다.